KB061053

우리들의 유토피아

새숲

새숲 2

우리들의 유토피아

2020년 9월 5일 발행
2020년 9월 5일 1쇄

지은이   이승하
발행자   조완희
발행처   새숲
주소   10881 경기도 파주시 회동길 193, 4층(문발동)
전화   031-955-4601(代)
팩스   031-955-4555
등록   제 406-2020-000055호(2020. 5. 15.)
홈페이지 http://www.nanam.net
전자우편 post@nanam.net

ISBN 979-11-971279-2-2
ISBN 979-11-971279-0-8(세트)

새숲 2

이승하 시집

우리들의 유토피아

새숲

'첫 시집' 시리즈 '새숲'을 내며

아름드리나무도 처음에는 씨앗 하나였다. 씨앗 자체는 생
명체가 아니다. 땅에 떨어지면 하나의 생명체가 된다. 땅
깊은 곳을 향해 뻗는 뿌리가 수분과 자양분을 빨아들이면
지상의 나무는 하늘을 향해 기지개를 켠다. 하늘을 향해 팔
을 뻗치는 나뭇가지에 어미 새는 둥지를 만들어 새끼를 키
운다. 이 세상에 나무가 없으면 인간도 뭇 동물도 곤충도
살지 못한다.

습작기를 마감하고 시인이 된 이에게 첫 시집의 의미는
각별하다. 씨앗이 이제 막 싹을 틔워 땅 위로 고개를 내밀
었으니 말이다. 경기도 포천에 나남수목원을 가꾸고 있는
나남은 첫 번째 시집만으로 시리즈를 꾸려 가고자 한다. 시
의 숲을 이루려면 작은 씨앗 하나가 어떤 땅에 떨어지느냐
가 중요하지 않겠는가. 시가 숲을 이룬 아름다운 세상에 대
한 꿈을 나남은 키워 갈 것이다.

실질적인 나의 첫 시집
나의 20대, 그리고 1980년대

　누군들 20대가 질풍노도가 아니랴. 고교 시절을 2개월 재학으로 작파하고 4년의 낭인생활 끝에 입학한 중앙대 문예창작학과. 심신이 녹다운되어 진단서를 학교에 냈더니 휴학을 허락해 주었다. 고향 김천에서 정양을 하고 있는데 10·26사태와 12·12사태가 일어났다. 일본 육사 출신 대통령이 죽자 한국 육사 출신 군인이 그의 권력을 승계하였다.

　5년 만에 학생 신분이 되어 캠퍼스를 거닐게 되었다. 아니, 뛰어다니게 되었다. 독재타도! 국민투표! 의혈중앙! 민주주의! 서울의 봄은 학생들의 손에 보도블록을 깨 들게 하였다. 최루탄 가스를 마시며 연일 울었는데 화생방훈련을 하며 또 울었다. 중앙대학교 1학년 전체 남학생이 군부대에 입소하여 사격장에서 총을 쏘고 있을 때 광주에서도 총성이 울려 퍼졌다. 훈련을 마치고 학교에 갔는데 학생은 출입조차 안 됐고, 탱크의 포신은 나를 향하고 있었다.

전국 대학에 휴교령이 내려져 기말고사를 치지 않고 우편으로 과제물을 학교로 보냈다. 긴 방학 동안에 쓴 시를 기성시인도 투고 가능한 공모전에 냈더니 최종심에 이름이 올라가 있었다. 본격적인 습작이 시작되었다. 1학년이 용감하게 신춘문예에 투고하였고 이것은 연례행사가 되었다. 2학년이 되고부터는 문예지 신인상 공모 사고社告를 보면 수업시간에 서정주 선생님과 구상 선생님께 꾸지람을 흠씬 들은 시를 고쳐서 투고하였다. 3년 반 동안 100편에 이르는 시를 썼다.

졸업을 앞두고 〈중앙일보〉 문화부의 연락을 받았다. 시상식 바로 다음날 머리를 빡빡 깎았다. 1년 2개월의 보충역 근무를 마치고 대학원에 들어가서도 열심히 시를 썼다. 석사과정 졸업 후 출판사에 다니고 있을 때였다. 시집을 내고 싶었다. 무식하면 용감하다고, 심사위원이었던 황동규 선생님 댁에 다짜고짜 찾아갔다. 정서한 원고뭉치를 드리면서 첫 시집을 문학과지성사에서 내고 싶다고 말씀드렸다. 열흘쯤 뒤에 전화를 드리고 찾아뵈었더니 원고 성격으로 봐서 창비나 실천문학에 갖고 가 보는 게 좋겠다고 하시는 것이 아닌가. 바로 그때 내 가방에는 또 하나의 원고뭉치가 들어 있었다. 읽어 주시기만 해도 감사하겠다고 하고는 참담한 심정으로 물러나왔다. 다시 한 열흘쯤 뒤에 전화가 하숙집으로 왔다. 당신이 해설을 쓰겠다고 하시지 않는가. 당선 소식을 들었을 때만큼 기뻤다.

나남의 조상호 대표님은 문예출판사 전병석 사장님한테 놀러 오실 때마다 신출내기 편집부원인 내게 나남문학선 신간을 주시면서 격려 겸 유혹의 말씀을 하는 것이었다. 시집 원고가 있으면 나남시선으로 내보라고. 그리하여 황동규 선생님께 퇴짜를 맞았던 그 원고뭉치, 나의 실질적인 첫 시집인《우리들의 유토피아》가 나남시선 26권째로 나오게 되었다. 학부 시절에 서정주 선생님으로부터 "이건 시가 아닐세", 구상 선생님으로부터 "이런 시는 쓰지 말기를"이라는 혹독한 꾸지람을 들으면서 절치부심하는 심정으로 고치고 또 고쳤던 시편이 첫 시집 출간 1년 3개월 뒤에 나오게 되었다.《사랑의 탐구》는 대학원 시절에 쓴 시를 모은 것이므로 1989년 1월 5일에 나온《우리들의 유토피아》가 첫 시집임을 이번 기회에 세상에 알린다. 장장 31년 만에 쓰러져 있던 시집을 일으켜 세워 주신 조상호 대표님과의 인연이 놀랍고 눈물겹다.

2020년 성하에

이승하

이승하 시집

우리들의 유토피아

차례

2부 상황 시편

1부 움직이는 도시

미로 학습

누군가나를미행한다   주민등록번호는?
        반 600418-17158××
데차창으로본하늘 쯤 주소는?
는   은 죽 3단지 51동 1145호
랐 리는복제된네 은 전화번호는?
올 우   모 아 588-4989
에 다 인간 옴 굳 소속은?
철 없수할싹달쭉 은 제4국 13지점 No. 7
전   얼 이름은?
로으적사필오다겨숨굴 9484-7'-082

어떤 리허설

내 이름은 위축_{萎縮}, 자네 이름은?

반복.

그럼 시작해 볼까?

위축: 그는 우선 남자다

반복: 그는 세계를 혹은 안방을 지배할지 모르나

위축: 그를 지배하는 것은 어김없는 시간 정확하게

반복: 획일이라는 이름의 전철에 실리어

위축: 과포화의, 고혈압의

반복: 도시 한복판으로 출근하는 샐러리맨이 있었으니

위축: 언제나 서먹서먹하게 그는 또 그를 만나고

반복: 울면서 유쾌하게 웃기도 한다

위축: 타인의 말로 연일 피 흘리면서도

반복: 모른다, 모른다, 모른다구!

위축: 식은땀을 흘리며 스스로를 부인하는

반복: 그는 어떻게 되어먹은 작자야

위축: 땅거미가 내릴 때마다 자질구레한 희망들은
　　　뿌리째 뽑히고
반복: 그러나 그는 여유 있게 하강한다
위축: 엘리베이터를 타고서
반복: 전화통과 싸우던, 월급봉투를 챙겨 넣은
위축: 그도 가슴에는 진실이란 파편이 박혀 있고
반복: 정직하고 때로는 가정적이고
위축: 오늘은 완전히 비가정적, 대취하셨군
반복: 애들아, 너희들을 먹여 살리기 위하여
위축: 내가 오늘도 다녀왔노라
반복: 과포화의, 고혈압의 도시 한복판을
위축: 그는 과연 누구인가
반복: 현기증과 함께 허물어지는 그는 누구인가
위축: 그는 다름 아닌 …… 자넬세 반복 씨
　　　털어놓으시지
반복: 자네 완전히 돌았군

위축: 그래 돌았다 그래도 지구는 돈다
반복: 어김없이 돌 것이다 반복할 것이다

좋아, 좋아. 처음부터 삼백 번만 더.

도장을 찍는 순간

나는 해체되어 버린다.
이름만이 기어가고
이름만이 버젓이 행세하고
이름만이 뇌물을 받아먹고
이름만이 돌연 구속되어 버린다.

그래도 아침은 와 세계는 눈뜨고
세계는 눈뜬 채 잠들어 있다.

도장을 찍는 순간
나는 가장 황홀한 광기를
체험한다.
수의 목마름이
통계의 목마름이
무한대의 목마름이
기하급수의 목마름이

마침내 감각마비가 된다.

세계는 도장을 깊이 신뢰하며
건실한 나도 착실히 믿고 산다.

곡예

줄 끝에 서면 다 보여
일단기사 段記事의 오열과
목숨값에 대한 흥정이
빳빳하게 곤두서는 머리끝으로
낯익은 모습이 되어 내려앉는
강박관념 혹은 뒷걸음질,
삶 속에 거듭되는 죽음이
소스라치게 놀라 떨어지곤 하지

물구나무를 서야 바로 보여
너트와 볼트, 해머로 정의되는
꽃이며 구름이며 산허리 같은 것들
아픔을 아파해야 할
신경이 철거되고 영혼이 철거되는
최면상태 혹은 비틀거림,
안간힘을 다해 지켜나가야 될
한 평도 못 되는 자리를 향해.

육교 난간에 서서

육교 난간에 서서 내려다보면 마치
개가 된 듯한 기분이다
흐르지 않는 인파를 향해
줄 이은 차량을 향해
맹렬하게 짖고 싶은 기분이 든다

하루에도 몇 번씩 원고가 되었다가
하루에도 몇 번씩 피고가 되는 생활
육체는 종일 자동판매기
고장이 나기까지 삼킨 만큼 꼭 내뱉는

육교 난간에 서서 올려다보면 마치
개가 된 듯한 기분이다
킬킬대는 낮달을 향해
무표정한 애드벌룬을 향해
맹렬하게 짖고 싶은 기분이 든다

쾌락의 한계효용

고통의 한계효용

무턱대고 자수하고 싶은 마음으로

쫓기어 와 쫓기어 와서 이 천길

낭

떠

러

지

에 서서.

저녁의 부검

싸늘히 놓여 있군

젊은 아니, 젊었던 그대

숨 끊어져 창백한 얼굴

전기 메스를 들고 다가서자, 어라

이 친구, 나를 보고

웃는 것인가 장발은 해 가지고

입이 돌아갔군 죽어서라도 웃어라

웃어 고통의 바다를 마침내 벗어난

사람이여 조만간 부패될

수분·단백질·지질·탄수화물의 복합체여

절제 가위는 온기 없는 그대 살을

마구 파고든다 뻐직뻐직 늑골 끊어지는 소리

오늘 저녁 날씨는 꽤 쌀쌀하지만

잎 져버린 나무 수액의 공급 멈춰지지만

영상의 실내 나의 집도는 여전히 썩

신속 정확 가급적

사무적 기계적
누구든 다 익숙해진다구
누구든 죽고 아무나 죽일 수가 있다구
가운을 벗고 터벅터벅 걸어 나온 저녁 거리
노을이 지네 노을이 진들 무엇을 느끼고
무엇에 감동하랴 몹시 배가 고픈데
배가 불러도 끊임없이 누군가를
질투하고 야유한다 나는 다시금
무엇엔가 집착한다 저토록 충혈된
노을이 지는데 나는.

현기증

내 몸이 삐걱인다 나는
오늘 누군가를 치어 죽일지 모른다 시동을 걸면서
별안간 떠오른 이 망상에 부르르 상체가 떨렸다 하체에
전혀 힘이 없다 쉬고 싶어 어제도 어쩔 수 없이
신경안정제를 먹고야 잠이 들었는데 이러다간 정말
피를 볼지 모른다
끼이익, 저놈의 할망구
죽을려구 환장했나 죽을려구, 가장 멋잇게 죽을려구
최고 시속까지 차츰차츰 올리다 죽지 못하고
(산산이 부서진 몸이여?)
잡혀 곤욕을 치렀다는 교포 2세 나의 사촌형은
마리화나, 코카인 중독에서 헤어나지 못하고
치료를 위해 격리 수용되고 말았지 나도 가끔씩
교통 법규를 초월하고 있지만 아무리
추월 — 지그재그 — 와장창 — 안녕일 리는 없겠지
그런데 오늘따라 시야가 수시로 흐려진다 흐리다 잠깐씩

아무것도 보이지 않는다 쉬어야지 요즈음엔 지랄같이
밤일이 제대로 되지를 않아 웬일일까 왜 이렇게
힘이 없을까 드링크류를 먹어도 안정제를 먹어도
그게 그거야 나처럼 근력 좋은 놈도 없는데
이따금 식은땀을 흘리며 밤중에 깨기도 해 헛소리도
한다나
검은 포장도로가
회색 빌딩들이
파란 여름 하늘이
피투성이의
흰 남방 셔츠가
빙글빙글 눈앞에서 돈다 돌아 고장인가 몸이, 마음이
말을 듣지 않아 제구실을 못해
태엽을 감아 줘 기름을 좀 쳐 줘.

1984년

떼지어 그들은 어디론가 달려가고 있다
씩씩하고 발랄한 사람들, 커다란 봉투를 하나씩 들고
추운 날씨 아랑곳없이 연신 시계 들여다보며
마감날, 마감시각, 대학입시 원서 창구로
떼지어 그들은 달려가고 있다 활달한 아줌마들
식사들은 하셨는지 화장이 좀 진한 것 같네요
신개발지를 향해, 밭뙈기를 향해, 복을 찾아
동에 번쩍 서에 번쩍 부리나케 날렵하게
아줌마들 왁자지껄 달려가고 있다 몰려가고 있다
옳소! 열심히 박수를 치던 사람들
일제히 일어나 구호를 외치며 썰물처럼
빠져나가고 있다 우리 먼저 나가니 잘들 해보셔
애들아 어디를 그렇게 달려가고 있니
컴퓨터 학원 끝나면 미술 학원
미술 학원 끝나면 피아노 레슨
피아노 끝나면 태권도 배우러 가야 해요

그래, 배워 남 주는 건 아니다만 그렇게 달리다
넘어져 코 다칠라 조심들해서 길 건너렴 택시를
잡아 탄 저 아가씨(예쁘다)
공항으로 빨리! 돈 더 드릴 테니 빨리 밟아 봐요
(가짜 남편이 일본서 기다려요)
일본에서 술 따르다 부디 터키탕으로 팔려가지 말기를
떼지어 그들은 어디론가 달려가고 있다
에취, 콜록콜록, 눈물과 콧물을 흘리며
깨어진 보도블록을 들고 넘어지며 비틀거리며
그들은 사방팔방 달아나고 있다.

일과

"일찍 들어오세요."
　오늘만큼은 일찍 들어가야지 선물이라도 하나 사서 들고
들어가리라 빌딩들 머리맡에 태양 벌써 기웃거리고
　거리는 별안간 성난 수캐처럼 짖기 시작한다 소리
　소음　찢겨지는 마음 좌석버스는 자꾸　막히고 군에서
배운
　욕이 치민다 이래서는 안 돼 민주 시민이 욕을 입에 담
는대서야
　조직의 일부 언제나 착실한 조세 주체의 일부
　엘리베이터 앞에서 흘끗 뒤를 돌아다보니 바로 그놈
　어제처럼 나를 미행하고 있다 오늘도 그 옷을 입고

　자리를 뜰 겨를 없이, 피치 못할 청탁과도 같이 엉겨붙는
　일과 ─ 탁자 위 고물대는 ㅎㅗㅏ ㄹㅈㅏ ㄷㅡㄹ
　오랜 미결재의 노이로제와 오랜 시스템의 견고함
　점심 식사 후엔 꼭 집요한 하품 하품 하～품

한낮의 뽀얀 햇살 속에서 문득 나는 또 의혹에 휩싸이지
이것이 과연 남부럽지 않은 삶인가 종일 시간과 다투며
무엇을 위한 처세인가? 빵조각? 처자식? 더 나은 거처?
포켓으로 은밀히 들어오는 타성의 손길을 뿌리치려 마
음먹지만
끝내는 온몸이 풀어져, 풀이 죽어 퇴근을 서두를 뿐

이윽고 밤이 와 사위는 출렁댄다 가로등들 일제히
갈증을 부추기면 일제히 단골집을 향하는 발걸음
갈지자의 밤거리, 양팔을 휘두르며 결국 욕을 하며
세계는 무한히 열려 있단 말야 이렇게 썩을 내가
아니란 말야 세계의 모든 문은 내 앞에서 닫혀 있다
두드리면 열릴 문으로 들어가야지 오늘만큼은 당당히
일찍 들어가리라던 내 맹목의 하루가 이렇게 죽고
흘끗 뒤를 돌아다보면 저 지독한 놈 낯익은 놈
아직도 바짝 나를 미행하고 있다 3차 가자, 3차 가자구!

헨리 밀러 씨와의 외출

보 신 먹 니 배 력 족 ? 기 죠
탕 어 까 하 넘 은 올 힘 복 그
을 보 ? 는 치 실 림 들 날 래
셨 섹 이 는 로 픽 게 개 도 니
습 스 비 세 곤 어 됐 패 요 다
가 대 상 란 쩌 어 듯 절 강 식
지 하 에 한 구 요 이 을 요 무
고 서 일 하 어 란 강 당 의 하
정 양 이 더 떻 속 요 하 식 고
기 아 니 든 담 당 는 이 치 면
부 닙 보 개 까 하 성 모 밀 어
니 신 들 지 는 영 두 한 떻 도
까 탕 은 있 개 화 강 조 게 토
도 살 는 들 관 요 직 해 룡 만
먹 판 이 은 의 하 에 야 탕 저
난 나 줄 포 는 서 하 도 는 습
거 라 지 스 성 벗 죠 먹 억 니
에 않 터 이 어 ? 고 눌 다 석
서 을 가 거 나 뱀 있 려 이 진
겝 의 대 려 탕 지 있 구 데 서

몽유병

그냥 망연히 서서
징글벨 흥겨운 명동을 바라보네
많은 몸뚱이가 걸어가고 있는
이 도시에 눈이 내리네
지폐 쌓이듯 부채 쌓이듯
내려 내려 쌓이네
남산 타워에 올라가 휘둘러
보네 멀리 보이는 한강교
흔들리는 지상
흔들리는 중심 허공에
무자맥질 앗!
다리에서 내려다본 강은
무참하게 살해되어 있더라
머릿속엔 온통 그 생각
내 돈을 떼먹은 놈
떼먹고 줄행랑친 놈

바로 너였지? 너지?
툭툭 행인의 어깨를 쳤네
말없이 걸어가는 많은 몸뚱이의 거리
글썽이며 나는 인도교를 건너네.

잠복기

알 수 없다 그녀는 혼전 관계를 한사코 부인했지만
아내의 처녀성이 증명될 수 없는 시대
알 수 없다 지금 무슨 병원체가 내 몸속에 잠복해 있는지
암인지 VD인지 AIDS인지
시간이 흐르면 알게 될까 발병하면, 병원체가 창궐하면

불만과 두려움이 마음에 축적되고
납과 카드뮴이 몸에 축적되고 있으나
알 수 없다 혼자서 어떻게 해야 할지 병의 정체가 무엇
인지
병인지 병이 아닌지 과대망상인지
알 수 없기에 투약할 수도 없다

내가 보균자(인지 아닌지 증명될 수 없는 시대)라면
내 외도의 제물이 된 여인도 무난히 보균자가 되었겠지
알 수 없기에 누구와 친해질 수도 없다

이제 남은 일은 고작 고통과 친해지는 일뿐
살아 있는 나는 지금 잠복기의 환자임에 틀림없다
암인지 VD인지 AIDS인지 다른 무엇인지

나는 죽음을 길들여야 한다
나는 죽음을 길들여야 한다
이 거대한 병동에서 부들부들 떨며 볼멘소리로
나는 죽음을 길들여야 한다
나는 죽음을 길들여야 한다
왜 쉴 새 없이 중얼거려야 하는지 …… 알 수 없다.

실명失明

눈 못 뜨니 세상 더욱더 밝아져
보이던 것 더 똑똑히 보이고
보이지 않던 것 하나 둘 보이기 시작한다
있는 것 제각기 제자리를 지키고
없어야 할 것 자리를 차지하고 있다
보리라 내 다 알아내리라
죄와 용서
눈물과 웃음
참됨과 거짓됨
배부름과 굶주림
함께 자리한 이 땅의 여러 아름다운 혹은 슬픈 모습들
내 그 빛깔들을 잊지 않으마
아직도 기억에 선명한 4계의 풍경이며
한때 따라다녔던 여인의 원색 옷차림이며
미워하거나 미움받았던 사람들 낯빛까지
떠오른다 가슴 터지겠다 내 어찌 잊을 것인가

그리고 빛이여

빛 속에서 태어나 빛 속에서 죽어갈 가련한 것들이여

내 사랑하지 않았다 사랑한다 사랑할 것이다

보리라 내 다 알아내리라

지팡이를 들고 거리로 나서 보자

눈 못 뜨니 비로소 세상 가까이 다가온다.

움직이는 도시

건물들이 달려와 나를 때린다 몰매를 맞고 쓰러지는 나
갑옷 입고 투구 쓴 무서운 건물들 건물은 거인이다
10층 20층 30층 40층 50층 …… 100층
들어가려 들어가려 입구를 찾아도 보이지 않는다
한때 내가 들어가 있었던 건물 내 소유였던 건물
가만히 있는 나에게 달려와 뒤통수를 때린다 가슴을
친다
벌떡 아스팔트가 일어선다 좌로 3보 가는 고가도로
대낮에 텅 비어 있는 광장 번화가 사창가 주차장
이 드넓은 철갑의 도시에 왜
사람이 보이지 않는가 사람이 보이지 않는가 인사불성의
시간이 쌓이고 쌓이면 세월이요 시대요 한 세기이다
10년 20년 30년 40년 50년 …… 100년
얻어터지기만 하지만 나 역시 조만간 박제되리라
벽
닫힌 창문

내걸린 플래카드

입구 없는 건물 단단한 광물의 도시

도시는 살아서 움직이고 있다 사람 없이 잘 돌아간다.

광장 산책

저녁 노을이 고여들 때만 되면 광장으로 향하는 긴 길을 걷는다. 가로등은 허수아비처럼 새를 쫓기 위하여 서 있는지 이 광장에 비둘기는 처음부터 없었다. 이 검은 아스팔트 도로가 이제는 나의 고향땅이다. 자기 고향을 사랑할 줄 알아야 한다. 썰렁한 지하도의 계단을 오르고 계속 길을 걸어가면 온통 선, 선, 평행 … 평행선처럼 너와 나는 영원히 못 만날지 모른다. 이렇게 어울려 살면서도 한결같이 동떨어져. 빌딩의 창들도 물들어 있는 저 진홍의 노을을 바라보노라면 내 마음도 잠시 흠뻑 익은 감이 된다. 이곳에 감나무 따위는 없다. 나는 떠밀려 간다. 입 다물고, 혹은 마스크 쓰고 귀가하는 사람과 사람과 사람 사이의 거리. 광장엔 어느새 어둠이 깃들어 먼 네온사인만 보이는 굳게 입 다문 도시. 광장 저편에 웅크리고 있는 거대한 어둠의 심연. 빠른 발걸음에 채며 네 계절의 바람이 방황하고 나와 가로등이 서있다. 검은 이 땅 위에.

나의 암세포

식구들은 내게 병명을 말하지 않는다
아직 최종 결과가 나오지 않았다는 둥
별것 아니라는 의사님 말씀이라는 둥
한결같이 미소 띤 얼굴로 말하지만
병명은 밝히지 않는다 나는 아는데

내 몸속의 이상한 세포들은
제멋대로 급속히 자라고 증식한다
타성과 안일 무사의 세포를 무찌르며
몸 곳곳으로 퍼지는 깨우침의 세포를
나는 허용한다 내 병은
조기에 발견되지 않았을뿐더러
그 누구의 삶도 시한부인 것을

지방질이 적은 음식이나
비타민 A, C가 많이 든 음식을 먹은들

훈제된 식품이나
색소, 방부제가 첨가된 식품을 먹지 않은들
때는 늦었다 이제는 유언장의 문구를
생각해야 할 때다 소화불량 식욕부진
갖가지 증세가 적신호를 울린다

사필귀정이라고, 돌이켜보면 나는
암적 존재였다 그러나
집단은 개인에게, 개인은 타인에게
논리는 현실에게, 현실은 이상에게
퇴치할 수 없는 권력으로 군림하는
암세포가 될 수 있다 발암물질은
보이지 않지만 만연해 있다

DNA의 유전 정보에 어떤 이상이
(이만한 생물학적 상식은 내게도 있다우)

어느 날 갑자기 불심검문을 당하듯 왔는데
다들 말하지 않는다 확실한 병명을
퇴원이냐 죽음이냐 기다림에 지친
나에게 말하라 내 이렇게 요구하는데.

1985년 제야除夜

살아 있음의 신비함이여 기쁨이여 나는 살아 있다 살아
남았다.

올해 최고의 히트곡은 뭐니 뭐니 해도 바람 바람 바람
잘 날 없던

1985년은 평년, 365일이었지 시간으로 따지면 8,760시간

분으로 따지면 525,600분, 초로 따지면 … 따져서 뭐하
겠나 이 밤

종로엔 사람이 넘치고 광화문 근처에서 나는 보았지 술
에 취한

두 군발이 늦게 들어가면 탈영 보고야 시내에서 겁도
없이 꽤 마셨군

종각이 내려다보이는 다방으로 올라갔지 커피는 팔지
않아요(왜?)

아이스크림을 드시든가 밀크커피를 주문하세요 선불
이에요(엿먹을!)

약속한 친구 녀석 나타나지 않았다 이승하 손님 카운터

전화예요

　망년회에 잡혀 있다구 횡설수설 미안하다는 말을 끝으로 전화는 끊겼고

　제야의 울적한 귀갓길 지하철을 타러 나는 땅 밑으로 꺼져 들어간다

　꺼져 들어간다 멕시코시티 일원의 대지진 땅이 흔들리고 갈라져

　갓난아이가 어린이 놀이터가 주택가가 백화점이 은행이 어느 날 갑자기

　사라진다 2만 5천의 사람들이 갑자기 사라진다 콜롬비아 화산 폭발

　진흙탕 속에 갇힌 소녀 구조대 3일 동안의 노력도 허사로 끝내 숨져 ……

　1986년에도 되풀이되리라 예언한다

　□대의 여객기가 추락할 것이다

□대의 여객기가 피랍될 것이다
어느 운동장에서는 운동삼아(?) 난동이 일어나고
흰둥이는 깜둥이를 가두고
깜둥이는 흰둥이를 증오하고
어느 나라의 쿠데타는 무혈 혹은 유혈로 성공하고
어느 나라의 쿠데타는 불발로 끝날 것이다
□화貨는 폭등하고 □화貨는 하락하고
이 땅의 누이들, 딸인지 아들인지 모르면서
□□□□명을 낙태시킬 것이다
□□□□명 이상이 반드시 교통사고로 죽거나 다칠 것
이다

한닢놓고

전

정하고동

걱

는취직을

　　　　　　　나

　　　　　　을오르며

　　　　　　　단

　　　　　　지하철계

　1986년에도 되풀이되리라 예언한다

　10만 원 미만의 삶과 먼 나라의 한발로 인한 10만 명 이상의 주림

　주려 죽음 더 많은 사람들이 AIDS에 감염되나 인구는 늘어나고 …

　1985년의 헤아릴 수 없는 주검들에게 죄송할 따름이다 나는 살아남았다

　생존의 신비함이여 아직 분리되지 않고 있는 이승하의 영혼과 육체여

　나의 영혼은 부디 매장되지 말기를 지하철은 그것이 막차여서

안도의 한숨 식구들은 TV 앞에 앉아 있었다 털썩 앉자
웬 종소리?

병인년丙寅年을 여는 보신각 새 종소리야 새해엔 좀 일찍
다녀라

뎅 뎅 뎅 뎅 뎅 뎅 뎅 뎅 뎅 뎅 뎅

강간으로 잉태된 시간의 아가리 속으로 나는 꺼져 들어
가고

뎅 뎅 뎅 뎅 뎅 뎅 뎅 뎅 뎅 뎅 뎅

1986년은 또 얼마나 많은 죽음과 삶을 배급하러 오는
것인가

뎅 뎅 뎅 뎅 뎅 뎅 뎅 뎅 뎅 뎅 뎅(33번)

주사위를 던져라

허겁지겁 골목을 빠져나왔다

벌건 대낮 띵한 머릿골 간밤엔 너무 마셨다 취중의 과
격한 정사

시뻘건 거리 나와는 아무 상관이 없는 자들이

거리를 메우고 있다 심상치가 않다 그들이

점거하고 있는 그들의 시기는 여전하다 동요되지 않는다

함께 괴로워하는 동시대인이 있다고 안심할 순 없어

결코 해명될 수 없는 자초지종을 들어도

결코 납득할 수 없는 자초지종들 앞뒤가

꼬여 있다 이 시기의 하고많은 실마리들

주눅 들어 허겁지겁 건널목을 건너고

골목길에서 나는 낯선 사내와 마주치기도 했지

신분증 좀 봅시다 신분증이 없군요 죄송합니다

나를 보증해 줄 사람이 없는 이 지상에서

광고탑이 내 앙상한 몰골을 내려다보고 있다

광고탑은 신의 또 다른 얼굴이다 아아 눈물겨운 복음이여

저축하라 구입하라 쪽 빨아서 씹어 주세요

더 좋은 제품 더 좋은 세상 발전도상의 이 지상에서

전선줄이 내 앙상한 몰골을 내려다보고 있다

말이 지배하고 있다 말을 전하는 전선줄

전봇대를 붙들고 나는 게우고 싶다

간밤에도 나는 많이 게웠다 오물을, 욕설을

벌건 이 대낮 속이 울렁거린다

그런데 왜 게워지지 않나 게워지지가 않나

누군가에 의해 내던져진 주사위 때문에 내가 존재하고 있지는 않아

내가 내던지는 주사위 때문에 내가 존재하는 것이다 빙긋 웃으며

주사위를 던져라.

투견

겁먹은 얼굴로 돌아서지 마라
달려들어라 날카로운 비명 거세게 개
판 거세게 나뒹구는 모래판에 피가 튀고
우리는 개가 된다
싸움을 붙이고 돈을 건다
개 두 마리 싸움을 붙이고 우리는 마구 짖는다
이겨라 물어뜯어라 불독아 거품을 물고
개 한 마리 곱게 죽어갈 때까지
놓지 마라 해치워라 돈이 걸려 있다
육체는 얼마나 성실한가
개싸움에나 즐거워하는 우리의 혼은
상처투성이 흉터투성이 후후 우리는
아직 멀쩡히 살아 있다 다리를 계속 버둥거리며
거품을 물고 곱게, 아주 곱게 죽어갈 때까지
우리의 육체는 얼마나 성실한가
개만도 못한, 혹은 개죽음.

밤 귀가

우하하 홍소를 터뜨리며 그 술집을 나온 꽤 늦은 시각이었지. 거리의 이 어둠은 합법적으로 기어든 것인가. 나는 무법자라도 된 듯 담배를 내뱉고 길 저편을 쏘아보았다. 멀리, 가로등이 을씨년스레 기립해 있더군. 아니 그것은 등대 … 내 작은 거룻배가 방향을 잃은 것은 바로 그때였다.

고장난 기계 부품들이 울어젖히는 소리가 곳곳에서 들려왔어. 지하도 계단에는 모자인지 모녀인지 아직껏 웅크리고 있고 묵묵히 군중에 섞여 상가를 떠 흘렀지. 한 육교 위에서 나는 똑똑히 목격하였다. 질주하는 차에 치어 별 하나 즉사하는 것을. 물결, 물결, 저 숱한 난파선 중에서 외로움에 떨고 있는 타인의 돛도 보았다. 누구일까, 그리워할 줄 아는 체온 지닌 사람은.

못 돌아올 삼도내三途川도 언젠가는 건너겠지. 짧은 항해

멈추는 날 자네는 기억해 내려나. 왜 그날 우리, 빌딩 사이로 인사도 안 나누고 침몰해 버렸잖은가. 횡단보도의 빨간 신호 작은 배가 멈췄을 때 왠지, 왠지 막 외치고 싶더군. 나는 규격품이 아냐. 나는 규격품이 될 수 없다. 막 외치며 전속력으로 치닫고 싶더군.

어머님 전 상서

소슬바람 불어 어언 가을의 문턱입니다.
어머님 신경통은 요즈음 좀 어떠시며
가내 두루 별고 없으신지요? 놉을 들여
선산의 벌초를 끝내셨다니 욕보셨습니다.
왕고모님 병환은 차도가 좀 있으신지 궁금합니다.

어머님, 저는 오늘 해고당했습니다.
어제까지는 저와 제 동료들이 부품을 만들고
로봇들이 조립을 했는데 그만
새 로봇들이 입사하는 바람에 …
완제품은 아직 하나도 가져 보지 못했는데 …

그래도 다행입니다.
막내의 군대 생활이 그렇게 편하다니
소총 들고 빡빡 기지 않고
기지 사령부에서 레이더를 갖고 논다니

전쟁은 머지않아 '별들의 전쟁'이라는군요.

인간만사人間萬事 새옹지마塞翁之馬
소자, 굶고 지내진 않을 겁니다만
새 직장 구할 때까지 돈이 좀 …
주변 사람들 말 들으실 필요 없습니다.
어머님만 믿고 있겠습니다. 총총.

회로回路

내일의 일이었어 영식아 내 말 들리니
순식간에, 저 혼자 움직이는 기계를 만지다 아버지는
아버지의 몸은 기계 속으로 빨려 들어갔어
0과 1에 의해 만들어지고 분해되는 세계 속으로 손쓸
새 없이
마치 진공청소기 속으로 빨려 들어가는 먼지처럼 말이다
복잡한 회로를 돌고 돌아 들어간 무인지경 그곳에는
해체된 문법 해체된 시공 헤아릴 수 없는 혼들이
분리되어 있거나 차곡차곡 저장되어 있더라
능률의 극대화를 위하여 혹은 정보의 집약을 위하여
혹은 그 관리를 위하여 형성되어진 첨단의
그 세계는 완벽하더라 영식아 알고 있니
MIS*는 OA**를 기반으로 하지 않으면 반드시 실패했다

---

*   MIS: Management Information System
**   OA: Office Automation

메모리마다에 콘덴서로 전하를 집적했어

그래야 LSI*의 집적 능력이 증가하니까

디지털화된 전화망을 이미 ISDN**으로 확장해 놓았지

광대역 ISDN을 구축하기 위하여 그래서

세계는 하나이다 개인은 없다 가정이란 것이 없다

우리 집이 어디 집이냐 아들아 나는 알았다

저 혼자 움직이는 기계에 의해 각자의 미래는 조작되는 것이다

영순이는 들어왔니 하루 종일 계기計器만 들여다보다 퇴근하니

영순이를 기계에게 시집보내야겠다 오감을 지닌 지능 로봇에게

내 아들아 나는 알았다 아픈 것이다 아프지 않은 것이

---

*   LSI: Large Scale Integration
**   ISDN: Integrated Services Digital Network

아픈 것이다 이 기계에서 냉큼 아버지를 꺼내 줄 수 없니 나 하나 없어도 기계는 잘 돌아가고 세계는 완벽하고 이 시대의 비정은 영구 보존되고.

실직

눈앞의 모든 것이 별안간 삐뚜름해지는군 어느 날 아침 출근 시간

나는 늘 타던 지하철 4호선을 타지 않았어 엉뚱하게, 전혀 엉뚱한

버스에 몸을 실었지

차창 밖 빌딩들은 하나같이 무표정하다 니들이 날 무시하는 거냐 돈

돈이 없으니 평화의 댐 건설을 위해 나는 현재로선 아무것도

할 수가 없구나

도대체, 겉으로 드러나지 않으면서도 줄기차게 맹랑하게

나를 기죽게 하는 것이 무엇일까? 시간일까, 일자리일까, 아니면 태아?

아내는 벌써 4개월째라네

세 판을 내리 지고 한 판 이겼어 속 시원하게 불계승

담배를 꼬나물고 어둠 내린 거리로 나섰지 눈에 확 들어오는 643

팔팔 올림픽이 다가오고 있습니다

나도 한때는 나으리가 되고 싶었지 월말고사 입학시험 입사시험 뭐

그런 시험을 아주 잡친 것도 아니었어 두드려라 그러면 열릴 것이다

열리긴 뭐가 열려

윽박지르지 말아 다오 시간이여 일자리여 곧 태어날 내 자식이여

점점 살기 좋아진다는 3저의 시대 그러나 나는 아직 아무런

계획이 없다.

시험관의 아기들

태어날 아기들 순번을 기다리고 있다
부모가 잠자리를 같이할 필요 없이 귀여운 녀석들
태어난다 태어난 너희들 꿈을 꾸겠지 그 꿈의 세계는
전혀 오염되지 않았을지 모른다 암 불모의 세계에서
자라게 된다면 너희들은 믿게 되겠지 신은 수학임을
그래 튼튼하게만 자라다오 아버지가 누구인지 몰라도
좋다
먹이를 주마 끝까지 돌보아 주마 완벽한 시험관 속
너희는 남의 고통에 무관심해야 한다 바깥 세계의
일에는
순열과 조합에 의하여 창조된 생명들
시험관 속에서 잉태된 아기들아
착하기도 하지 어쩜 저렇게 예쁠까
방글방글 웃지 말고 히죽히죽 웃어라.

말과 나

저 수많은 입들이
"홈 ― 런 ― " 하고 동시에 외칠 때,
저 수많은 입들이
"고올 인 ― " 하고 동시에 외칠 때,
나는 소름 끼친다

창백한 말들이 달려와 나를 에워싼다
나는 잠자코 그 말들을 바라본다 어루만진다
말이 나를 꿰뚫는다
말은 널려 있다 모였다 흩어진다
말은 흐른다 하늘로 올랐다 땅으로 스민다
아아 소름 끼치도록 많은 저 열린 입들을 보라
얼마나 많은 말들이 달려와 내 입을 계속 틀어막는지
말하라 답변하라 아무리 말해 보아도
나의 말들은 막혀 있다 박차고 나가지 않는다

부는 바람은 어디선가 지쳐 멈춰 서지만

말해지지 않은 말들은 영원히 떠돌 것이다

나의 말들이 집단 자살해 있는 것을 목격할 때의 섬쩍

지근함.

축소

또 하루가 자동 제어된다 무심한 얼굴을 한
밉살스런 하루 상자 속에서 뺑뺑이를 돈 하루
순이익과 배당금을 셈하며 보낸 하루
꾸어 오고 꾸어 준 하루
장효조의 타율과
선동렬의 방어율과
김재박의 출루율이 변동된 하루
(그들은 매일 장시간 운동을 하는데 나는 운동을 전혀 하지
않는다)
무엇보다 대미 달러 환율이 변동된 하루
지구가 또 한 바퀴 빙글 돌았으니
넥타이를 풀자 팬티까지 벗고 알몸이 되자
거스름돈의 하루로부터 팁의 하루가 되기까지
나는 참아야 한다 피로를 풀고 잊을 것은 잊어야 한다
사람은 다 때가 있는 법
사우나탕에서 하루의 피로를 풀자 그런데 웬걸

잊지 않는다 주기억 장치
절대로 잊지 않고 모든 것을 기억하는
64K 더 ×만 한 256K
더 작게
더욱 작게
더더욱 작게
앗 저 남자
불알이 안 보인다.

거대한 노름

공산에 올라가서 명월을 보면
진세塵世의 온갖 슬픔을 잊을 수 있다
삼광에 고도리야 가가哥哥 고다 이름하여 판쓰리
판의 대소야 새삼 말해 무엇하리
한 판에 그대가 집채를 날리면
한 판에 내가 취할 수 있는 땅의 넓이
비단에 수놓은 듯 아름다운 이 땅
그러나 이 땅은 좁디좁다 좁디좁은 곳
어디를 가도 너나없이 힘차게
밤이나 낮이나 겨울이나 여름이나 힘차게
화투짝을 내려치는 광경을 볼 수 있다
돈 놓고 돈 먹기 떡고물 주무르듯 땅따먹기
야바위, 섰다, 짓고땡, 거슬러 오르면
오곱, 삼십육계, 바가지, 골패, 마작
막내는 오늘도 PC방에서 노는구나
형은 캠퍼스 잔디밭의 포커판에

어미는 계 모임의 고도리판에

아비는 호텔의 카지노에서

이 시대의 밤이 얼마나 깊은 줄 모르니

불쌍도 하여라 배워도 못 배워도 마찬가지인

이 불안 이 속기俗氣 이 미친 바람

언제부터 시작되었는지 언제 수그러질지

돈 놓고 돈 먹기 떡고물 주무르듯 땅 따먹기

1945년

모스크바 3상회의

판돈은 한반도.

몸

발가벗겨져
이제부터 나는 검사받아야 한다
살아온 이력을, 병력을, 신체 각 부위의 기능을
하나하나 나는 검사받아야 한다
나의 몸은 누군가에게 맡겨진다
보류되어 있던 온갖 고통을 되살리는 시간
혈압을 재고 시력검사를 하고 엑스레이가 깡마른 내 몸
을 관통한다
170cm 56kg(표준 체중에 무려 7kg이 미달)의 몸이
누군가에게 떠밀려 휘청거린다 조심하슈
척추에 고름이 괸 적이 아직 없지만
간염을 앓은 적이 아직 없지만
성병에 걸린 적이 용케 없지만
'죽음의 확실성'이 재확인된다 발가벗은 몸들
내 몸은 언젠가 난도질당할 수 있다
내 몸은 어떨 때 부어오르겠지

내 몸은 때때로 피로하다 피골이 상접해지겠지
언젠가는 피 한 방울도 남지 않겠지
한때 내 몸은 태아였으나 지금은 기둥서방
의지할 곳 없던 시절도 있었으나
지금은 그럭저럭 먹고 지내고 있습니다
제대하면 제비족으로 나설까 해요
책도 꽤 많이 읽어(주로 무협지, 주간지) 유식하다구요
어쨌거나 몸 하나로 먹고 살아가야 할 나는 기둥서방
내 몸은 이제부터 조국에 맡겨진다.

아뿔싸

주례 선생님 갑자기 딸꾹질을 시작하신다

후유 다행이다 밤이고 외진 곳이었기에 망정이지
나는 뺑소니 운전수 집에 돌아와 보니 아내가 교통사고

능지처참의 시대엔 가능하지
토막 살해 아니면 청부 살해 아니면 살해 암매장
불구의 중학생을 죽인 범인은 그 학교의 체육 선생님*
어젯밤 이웃집에 밤손님이 들었다고
어린 도둑이 멋모르고 가져간 물품 가운데 틀니도 있었
다고
떨며 애원하는 할머님 이부자리 머리맡의 금빛 틀니

---

* 1980년에 있었던 이윤상 군 유괴 살해사건의 범인은 그 학교의
  체육교사 주영형이었다. 대법원에서 사형으로 확정판결이 났고,
  1983년 7월 9일에 집행되었다.

오늘이 하필 그 할머님 고희연古稀宴

다 죽인다! 뭉개버린다!

안주가 좋다고 너무 마셨다 산 낙지 안주 고래고래

고함을 지르며 빠져나온 흑석동의 어느 골목 맞닥뜨린

웬 중년 사내

어, 자네 승하 아닌가? 10년 만에 만난 모교 은사님

우욱, 때마침 구토가, 나는 온갖 오물을 선생님의 발 아

래 …

고속버스에 몸을 싣고 모처럼의 귀향

바로 옆자리의 아가씨는 갓 스물을 넘었을까(게다가 미모)

천운天運! 절호의 찬스!(굴러 들어온 떡을 놓칠소냐)

묻는 말에도, 세상 잡사 애기에도 오로지 미소(얌전+음전)

터미널에 내렸을 때 — 차라도 같이 한잔 ……

어디선가 바리톤 목소리, 고개를 돌리자 — 여보!(아뿔싸)

74

의족

그것은 물건이다
의족은 이해하기가 쉽다
발 없는 사람에게 도움이 될뿐더러
스스로 자아를 형성하고 있으니
살아 피가 도는 세계보다
위장된 세계가 더 가치를 가질 때,
형태가 중요하지 생명은
한갓 군더더기 혹은 찌꺼기일 때,
내용은 형식과 동등한가 그 이상인가 이하인가
모조품에는 역사가 없다 따라서
생성하고 변화하고 소멸하지 않는다
의족에게서 개성이니 존엄성 따위를
찾을 수 있을까 의족은 의족이지만
그 물건은 때로 심각하다 오로지 형태인
철면피의 물건들.

현장 검증

쨍쨍한 한여름의 오후, 후미진 공터
그는 부들부들 떨고 있었으나
둘러선 우리 키득키득 웃고 있었지

다시 온 현장 부근에 칼 한 자루
살아 있다 칼 한 자루가 비웃고 있다
그를 마음껏 비웃고 멸시할 수 있는 우리들의 자유

그는 재현하러 왔다 수갑을 찬 채
흘금흘금 주위를 둘러보며 그 밤의 행위를 재현하고
나면
사형이 언도되고 집행되겠지 그가 사라진대도

이 시대의 해는 여전히 빛날 테고
여전히 확인할 수 없는 알리바이들 쨍쨍한
대낮에 자행되는 완전한 범죄 완벽한 알리바이들

우리 모두는 매일 목격하고 있다 알고 있지
실마리는 아무 데도 없어도
흉기는 어디에나 있다 흉기가 비웃고 있다.

2부 상황 시편

수화

빛바랜 목소리
설움을 딛고 나부끼기 시작하면
나는 눈을 열고
너를 듣는다
눌린 냉가슴을 비집고 나와
조심스레 흔들리는 깃발
가장 명징한 언어로도
너는 늘 욕구 불만인가
한때의 눈물겨운 팬터마임
떨리는 입술 새로, 손가락 새로
빠져나간 언어는 처연히 나뒹굴고
자신의 이름마저 몰래 지워지지만
나는 믿고 싶다
들끓는 몸짓으로 빚어낸
언어의 무늬 고운 도자기
언젠가는 산산이 깨어져

사람들의 가슴마다 뿌려질 것을
믿는다
아니다, 아니다, 화음을 울리며
산 것들의 가슴마다 뿌려질 것을.

안과 밖

나는 언제나 저 철조망이
저주스러웠다 그런데 어처구니없게도
내가 아무것도 하지 않고 있었음을
한참 지나서야 깨달았던 것이다 그렇게
시작되었다 살아남기 위한
지난한 몸부림이

맑은 창공, 조각구름이 흐르던 날
생각하였다 죽음은 단지 사라짐인가
내가 내가 되지 않고서도
내가 우리가 될 수 있을까
감시탑 뒤로 우두커니 서 있는
세계의 하반신이 불타고 있었다

엎드려! 서치라이트를 피해
긴 어둠의 끝으로 기어가며

내내 울었다 그때 발뒤축마다에
숨 쉬며 따르는 별이 있었다
의당 사랑해야 할 여러 개의 추상명사가
아주 가까이에서 반짝였다

개 짖는 소리 일순 당겨진
살처럼 긴장한다 들키면 마지막이야
내가 정작 우리가 되었을 때
우리라는 집단은 잠들지 못한다
어느 한때 나는 안 적이 있었던가
시치미를 떼고 서로의 팔뚝에 놓던 모르핀을

잠시 회상하였다 어린 시절의 놀이터와
즐겨 부르던 노래 몇 소절을
갑자기 섬광, 나의 눈에는
영원토록 흐를 강이 비쳤다 그래도

자유의 이름으로 고뇌할 수 없는

소리 없는 몸부림과 무수한 철조망들.

상황 1

난생 처음 임종을 지켜보았지

홀로 집에 돌아왔을 때
집은 휑뎅그렁하니 비어 있었거든
정체 모를 두려움 불을 켰으나
바로 정전이 되었지

초를 찾아 불을 밝혔는데, 젠장
어둠이 잠복한 방 안에서
내가 나를 보고 있었거든
분명한 음영의 무시무시한 얼굴
거울 앞으로 다가갔지

창백하게 얼어 있는 허구虛構
나는 떨었다 저건 치명적인
거짓이다 세상의 거울은 거짓말만 속삭인다

노려보는 두 눈 고개를 들 수 없어
그때, 육체를 강타하는 배설의 욕구

화장실 문이 고장으로 잠겨 있었거든
촛농이 손등에 마구 흐르고
문이 열리지 않았다 문이 열리지 않았다 문이
나를 용납하지 않고 있었다

어디선가 내가 나를 보고 있었거든
몸을 돌려, 비틀걸음으로
거울 앞으로 다가갔지
나는 맨주먹으로 그놈을
아아 있는 힘을 다하여 …

공사를 시작함

그대와 더불어 지향할 곳이
지금 이곳이 아니라면 저는 우선
다리 하나를 놓겠습니다
실개천이면 외나무다리를
개울이면 징검다리를
깊은 강 가로막혀 있으면
튼튼한 철근 콘크리트로
건너고 싶은 사람들 건너게 해야지요
몸이 불편한 친구가 사양해도 저는
그를 부축해 주겠습니다
한 사람이라도 더 건너게 해야지요
우러러볼 별과 달이 없어도
살아 있는 한 사는 거라고
화톳불에 언 몸을 녹이다 보면
봄 햇살 언 몸을 녹여 줄 거라고
하지만 섣불리 단정하진 않으렵니다

완공시킬 날까지는
시간이 필요하겠지요
지푸라기 하나라도 이 땅에 생겨나려면
둘 이상의 계절이 필요하듯이
땅과 땅이 손 내밀어 따뜻이 화해하는
그 순간이 오기까지 '너'와 '내'가 아니라
'우리'라는 이름 아래 늘 함께라면
그대는 단념하지 않고 기다릴 수 있겠지요
저는 다리 하나부터 놓을 것입니다.

밥숟갈

숟갈을 든다 어린 시절 가장 큰 소원이
흰 쌀밥 배불리 먹는 것이었던 어머니와 함께
콩깻묵과 밀기울, 소나무 껍질까지 벗겨 먹던 시절
허기져 만주나 연해주, 일본으로 떠나던 애비들
끌려가 벗기운 채 짓밟히던 반도의 숱한 딸들

"놋그릇, 은수저까지 공출당하던 시절이 있었니라."
어디에서건 언제라도 예속되어 있는 우리
수입한 쌀로 밥 지어먹고
재료를 수입한 비싼 우동도 팔고
산업쓰레기 몰래 수입해 강토에 부리기도 한다

이 땅에 구금되어 있는 우리, 이번 전쟁은
남미냐 남아프리카냐 중동이냐 극동이냐
혼돈과 불투명의 오늘에 산재해 있는
어마어마한 억압과 그저 그런 결핍

그저 그런 억압과 어마어마한 결핍

숟갈을 든다 아프리카의 밥숟갈은 너무 많아
올 한 해 굶어 죽은 어린아이의 숫자여
그 시절은 갔어도 우리들은 아직 밥 구걸한다
밥숟갈만 너무 많아 먹어도 허기진, 빌어서 먹을
우리들의 밥.

땅이여 영토여

가장 뚜렷한 목소리로
인간의 인간됨이 무엇인지
자연의 자연스러움이 무엇인지
애기해 주시지 않으시렵니까 어머니
삼복더위 속 저를 울며 낳으시고
사계절 웃으며 키워 길들여 주신
어머니인 땅, 영토여

제가 자라는 이 황토의 반도는
갈 수 없는 곳이 더 넓군요
갈 수 없는 곳에서 피붙이들 살지요
어머니인 땅, 저를 버리신
당신의 앙가슴을 보듬는 꿈을
그러나 이 철부지 아들은
버리지 않고 지켜 나가겠습니다

우리나라에 참 많은 산맥
들것에 실려서라도 넘어가야 할
산맥은 완강히 버티고 있습니다
어머니, 겪지는 않았지만 알고 있지요
당신께서 몰래 간직해 온 태극기
물결이 되어 휘날리던 날의 감격을
지금은 너무나 많은 산맥이
완강히 버티고 있습니다

그리고 이 내출혈의 산천을 그리며
오지 못하는 형제들도 많습니다
멀리 북만주와 연해주 또 사할린
이제는 손때 묻은 그들의 편지 속에
눈을 감으면 아슴푸레히 보인다는
잘 살고 있으니 염려 마시라는
뵈올 날까지 부디 건강하시라는 …

그들마저 영영 버리시렵니까 어머니

저를 버리신 어머니인 땅, 영토여.

그들

에게 가 사전 승인을 받아야 한다 이것이
전혀 엉뚱한 궤도 수정인지 아닌지 그들은 안다
그들만은 알고 있다 계획되어 있는 나와 내 동료들
걱정하면 제거된다 ○가 아니면 당연히 ×이며
①②③④⑤ 가운데 하나를 택일하면 그것이 답이다 답
답답하면 술을 마셔라 일단 취하면 의문은 해결된다
글쎄요? 설마? 왜죠? 뭐라구요? 정말입니까?
라고 묻지 말고 복창하자 대량으로 생산되는 우리들
1. 나는 규칙을 사랑한다
2. 나는 안정을 추구한다
3. 나는 편리를 도모한다
나는 근면하고 정직하다 요람에서 무덤까지 계획되어
있는 나
　모든 의문에 대한 정답을 그들은 가지고 있다 의심하지
말자

　고맙습니다.

불지르다

누가 일어나 불을 지른다 강한 빛과 열
내 차갑게 돌아앉은 등덜미에 이르도록
마른 풀, 마른 입술, 얼어붙은
이 땅에 누가 홀연히 일어나
불지른다 탑인 양 솟아오르는 불길
바람을 타고 칠흑의 하늘까지 번진다
지른다 불 그러나
그는 기진하여 풀썩 쓰러지고
지상의 일부분은 여전히 어둠이다
차갑게 돌아앉은 나와 남의 등
멀다 너무나 멀리 떨어져 이해 못할 때
질러라 불 쓰러진
그의 단잠을 지키며
스스로를 태우다 숨거두는
또 한 사람의 작업, 저 소리
귀 기울이는 이 없어도 이어지고

화드득, 어둠을 사르는 불의 발언
꺼지지 않는 불씨로 끝내 남아
사람의 일부분을 깨울 것이다.

할아버지 1

병든 처가 기다리고 있다 달 아래 벗겨진 소나무
창칼 다시 들녘 끝에서 찾아와 나라가 무릎 꿇고
집으로 가는 길에 사람 하나 안 보인다 하메 올까
학병 나간 새신랑이 하메는 돌아올까 삽짝 앞에 서서
며늘아기 기다릴 집으로 가도, 반겨 주던 누렁이 죽고
없다
피땀 바친 쌀가마 죄 공출당한 이 마당에
그저 살다가 간, 그저 살다가 갈 누대의 천한 목숨과
평생을 다해도 갚을까 말까 하는 장리빚이
부끄러워 고개 숙여 주재소에서 애비가 돌아간다 아
들아
우야든동 살아만 오너라 풋바심하자 풋바심도 못하면
송기 벗겨 먹고 밀기울로 하루 해 넘기고 이 질긴 목숨
애비가 비틀비틀 매맞고 돌아가고 있다 이 정도야 괜
찮다
우리가 심고 거두어들여 우리가 배불리 먹은 적 없는

삼남의 곡식들이 제 스스로 고개 숙이는 가을도 익어
이곳은 지금 한가위가 가깝다 달빛이 이렇게 좋다.

할아버지 2

집은 여기서 너무 멀구나 섣불리 못 돌아갈
고향땅 내 한시도 잊은 적이 없다 누런 땅
부황 든 누님 얼굴 같은 그 땅의 그 누런 사람들
지금 다 무얼 하고 있을까 다 살아 있을까
논흙 떠다 쑥 버무려 쪄 먹던 보릿고개 생각난다
짙푸른 한여름 풍장 소리 들 멀리 퍼지고
허리 아픈 가을 오면 다 빼앗겼다 참을 수 있느냐
그 땅에서 나 태어나 뛰어 놀며 자랐으나
내 손으로 밭 일구고 논 갈아 살아가게 못하는
모진 시절이여 정든 땅의 정든 사람 다 뒤로 하고
밤도망질, 이국에 와 막노동꾼 하루살이 행상에
툭 불거진 광대뼈 머리카락 어느새 반백이구나
아느냐 초가지붕 그해 이엉 못 이어도
함께 견디는 두렛일 농악대 까불대며 뒤따르던 어린 날
그 땅의 그 사람들 지금 그곳에 남아
무얼 하며 살아가는지 다 살아 있는지 살아 돌아가야

하는데
　몸이 몹시 아프다 뜻 하나 이루지를 못하고
　견디어 왔다 견디어 왔다 내 이렇게 객사할 모양인가.

상황 2

회의 장소 · 일시 · 참석자는 다 결정되었는가?

네.

참석자에게 다 연락했는가?

네.

회의에 필요한 자료는 다 준비했는가?

네.

회의의 절차는 정해졌는가?

네.

설명에 필요한 차트는 작성되었는가?

네.

회의장의 마이크 시설은 확인했는가?

네.

조명이나 에어컨 장치에는 이상이 없던가?

네.

음료, 담배도 알아서 준비하겠지?

네.

어떤 안건들이 나올까 짐작이 가나?
네.

회의가 끝난 후
자, 사의 무궁한 발전을 위하여 우리 다 같이 건배 …
불이야! — 불이야! —
출입구가 막혀 있다 비상구도 막혀 있다 숨이
막혀 누가 나를 짓누른다 녀석의 이름은
'명령'

세계사

....

"왕자님이 전사하셨다. 개나 고양이까지 살려 두지 말라!"

칭기즈칸의 툴루이 부대 메르프 학살

13세기 초

부녀자 포함 70만 명 주살

....

"대역죄인들을 참하라!"

명明나라 홍무제洪武帝 3차 숙청

14세기 말

1차: 1만 5천, 2차: 3만(호람지옥胡藍之獄), 3차 1만 5천

....

"위그노(칼뱅파派)는 죄 끌어내 죽여라!"

성聖바르톨로뮤의 대학살

1572년 8월 24일

구교도에 의해 신교도 5만 명 피살.

....

"인디언은 인간이 아니다. 노소를 가리지 말라!"

인디언 사냥과 아메리카 건국사

100만 ──학살, 멸족, 학살, 멸족 … 보호구역에 감금──→ 50만 명(북미)

20만 ──20년 후──→ 1만 4천 ──30년 후──→ 200명(산토도밍고)

···

'크렘린발㊙: 폴란드 포로들을 처형키로 결정'

카친 숲의 학살 사건

1940년 ?월 ?일

장교, 하사관 1만 5,000명 톱밥을 입에 문 채 구덩이 속으로

···

오이겐 뒤링 저▨《인종, 도덕 및 문화 문제로서의 유대인》

에두아르 드뤼몽 저▨《유대적 프랑스》

' … 유대인은 열등민족으로 기생식물이며 … '

2차대전 직후 572만 명 남짓 절멸된 것으로 추정

···

철사로 묶어 생매장 · 우물에 거꾸로 집어넣기

종대로 세운 채로 총살 · 머리에 대못 박기
1950년 수도사단 북상北上 시時 발견(평양 · 원산 · 함흥 형무소)
정전 후 남한 집계 피학살자의 수 12만 8,936명
……………………………………………………
……………………크메르 루즈………………
………………아르헨티나 군정軍政……………
………………팔레스타인 난민촌………………
…………………………인간이여…………

야간 비행

미지의 시간을 향해 이륙한다 내려다보면
세상살이란 얼마나 조촐한 것인지
집이 있고, 거리가 있고, 희망이 있고 그렇게
살아 있는 저들을 살아가게 한다
평화로운 밤이 오고 관제탑의 불빛
잠시 휴식을 취한다 지금은
다 잠들었는지 다 잠든 체하는지
힘 있는 나라, 싸움을 막 거둔 나라도

갑작스런 폭풍우, 눈앞에 달려드는 절망의 봉우리
편류偏流 속에서 방향타를 잃었을 때
함께 울며 지새웠던 사람들
여섯 대륙 다섯 바다의
기쁨과 슬픔의 농도는 다를지라도
함께 참으며 기다리는 사람들

미지의 장소에 불시착한다 가까이서 보면
누군가가 만든 철조망과
누군가가 세운 바리케이드와
누군가가 버린 희망과 평화
집이 있고, 거리가 있고, 집과 거리
불탄다 불타서 다 사라진다

세상살이란 때로 얼마나 육중한 것인지
살아 있는 저들이 살려고 애쓴다
폭풍우의 밤, 침략과 강탈의 밤이 와도
변하지 않을 항로, 먹구름 저편
빛나는 정신들이 성운처럼 무리 이루어
동트기를 기다리며 철야한다 … 날개를.

방풍림

바람 이곳에서는 문득 멈추어야 한다
이곳에서는 꽃 피어나지 아니하고
이곳에서는 새 울지 아니하고
이곳에서는 아무도 허리 구부리지 말아야 한다
고개 수그리지 말아야 한다
그날의 전장에 저녁이 내려
날개 접는 새의 무리, 서산마루 옷깃을 여미고
흘러간 날과 닥쳐올 날이 이곳에서 만나
말문 잃는다 말하지 아니한다 아무도
금산錦山의 흙과 돌멩이 피로 물들어
하늘도 따라 핏빛으로 타오르는데
넋이여 사람이여 우리 선조여 지금이다
사백 년을 변함없이 숨 쉬고 있는
검게 탄 얼굴을 들어 말하라 말하라
그럼 내 말하마 물러서지 않았다고
전투가 끝나 흩어진 붉은 짚신

풀어 헤친 머리 위로 청청한 하늘
내 한 몸 불살라 이 나라 일어선다면
만세 만세도록 웃으며 지켜보겠다고
흔들리는 역사 앞에서 떳떳하게 치솟은
뿌리 깊은 나무 칠백 그루
이곳으로 바람 아직 불어오지 아니한다.

역사를 위한 변명

가려거든 가라 돛대도 아니 달고
바람도 불지 않는 저 바다로
별들이 몸 숨기는 밤이 오며는 가라
병든 말을 내리치며 물가에 닿으면
삿대도 없는 배가 그대들을 맞이할 게다
가라 안개 걷히지 않은 황해
아직은 미명 아직은 멀어 새벽밥 먹고 있어야 하리
좌별초左別抄, 우별초右別抄, 신의군神義軍
옷소매를 걷고 모여 백기 불태웠으나
굴욕의 시절은 길어 산하 차례로 유린되리
가라 가라 맨손으로 노를 저어 남으로 더 남으로
강화도, 진도 쫓겨 간 제주도에도 파도는 거세고
천하디 천한 그대들은 마지막까지 남아 성벽을 쌓고
묵묵히 겨울과 대항하는 성채.

가족사

아들아, 너는 아느냐
다부동多富洞 그날 산 허물어져 하늘 뚫리어
네 할아버지 혼령조차 혼비백산했는지
무덤은 어디서고 찾을 수 없었다 아들아, 너는
볼링 앨리* 그날 대낮 같던
밤의 부르짖음을 상상할 수 있느냐
푸르죽죽 죽은 낙동강 가로놓인
생사의 교두보에서 대면한 동족
아들아, 그들은 왜 남남이었을까
왜 적으로 만날 수밖에 없었을까
스물둘 네 큰아버지는 전사하셨다
움푹 들어간 열여섯의 눈두덩이 기다렸으나
네 작은아버지는 끝내 돌아오지 않았다

---

* 미군들은 볼링의 스트라이크를 연상시킨 다부동 전투를 치른 후
   이 지역을 볼링 앨리(Bowling Alley)로 명명함.

의용군에 끌려간 후 소식이 없어
어느 하늘 아래 살아 있을지
살아서 얼싸안고 춤출 날이 있을지 아들아, 너는
그 8월의 불꽃 밤을 상상할 수 있느냐
네 할아버지의 무덤이 어디 있는지
아들아, 너는 아느냐

〈시일야방성대곡是日也放聲大哭〉을 읽다

시대는 선택할 수 없다
오늘 깊이 잠든 나를 일깨우는
목을 놓은 이 울부짖음 어디에서 비롯된 것인가

귀 막아도 들려온다 80년 전
바다 건너 국군의 태풍 불어닥쳤을 때
뜻이 깊은 나무 한 그루 뿌리 흔들며 곡하였던 것을
11월 20일, 귀 막아도 들리는
자신의 목소리, 일어나 말할 수 있는
자기만의 목소리를 목숨 다하는 날까지
간직할 용기가 나에게도 있을까
엄청난 소멸의 바람 앞에 꿋꿋이 서
오로지 푸르렀던 이의 불호령에 흔연히 나설 용기가

지나간 시대가 하 수상하였다
절의節義도 춘추필법春秋筆法도 헛되이

끌려 온, 끌려 다녀야 할 나라의 근본
나무는 뿌리 뽑힌 지 오래 외세의 비바람은 여전한데
말하는 이 몇 사람인가 자신의, 자기만의 목소리
2천만에서 6천만으로 늘어났으나
이것이 정말 우리의 나라인지 온전히 우리 땅인지
욕되게 내 살아 오늘 이 글 읽으니
목소리 모여 모여 함성이 되어 몽매한 나를 일깨운다

80년이 지났는데, 산천이여 동족이여 자존이여
이루어진 것 없다 무엇 하나 이루어지지 않았다
— 통재통재痛哉痛哉라 동포아 동포아.

......

말이필요없는가점과점사이에우주가있다
그런데
네정신의분화구에서오래견디어온몇마디허기진언어
아직
부글부글끓고있는가폭발의날지긋지긋기다리고있는가
지금도
엿보고있는눈들이있다발없는말이천리를간다
글쎄
하고싶은말하지않는다하여너는미칠것인가나는미친다
아무리
문마다자물쇠로채워져있다고하여열려고하지않는다면
아무렴
침묵에익숙해지면더욱무력한침묵더욱비참한침묵일뿐
결국
묻는말에만대답하고있으면나란존재는생략되리라말
없음표

여기

모독당해상한가슴쥐어뜯으며오래오래숨죽여우는널
위해

내가

가서, 그것은잘못이라고말하겠다그것은명백한거짓이
라고말하겠다

내가

가서, 혼곤히엎디어있는새벽까지깨워일으키겠다.

갇혀 있음

기다린다 내 이 사슬을 끊고 자물쇠를 풀고
푸른 풀밭 잔잔한 물가로 미친 듯이 달려가
풀 뜯고 뛰놀 수 있는 날만 온다면 당분간
임금님 귀는 당나귀 귀 임금님 귀는 당나귀 귀
말하지 않고 참을 수 있다 참을 수가 있다
버스 속 비행기 속 엘리베이터 속 빌딩 속
법률 속 신문지 속 결재 서류 속 술병 속
어디를 가도 무슨 짓을 해도 갇혀 있는 것은
매한가지다 빠져나갈 구멍 하나 마련하지 못한 채
갇혀 있는 너를 발견한다 안절부절못하는 너를
확정되지 않은 형기를 살면서 사랑을 노래하고
석방의 날이 언제인지 모르면서 성장을 자랑하고
의무를 수행한다 납세·교육·병역·근로의 의무를
국민의 한 사람으로서 묵묵히 수행하는 너와 나
달려 보라 이 사슬을 끊고 자물쇠를 풀고
계속 달리면 이 나라의 끝은 젠장, 철책이다

철책을 넘어서면 바다 건너 네 개의 거대한 나라
불쌍한 대한민국 우리들은 갇혀 있다 갇혀 있다고
거리낌없는 목소리로 말할 수가 없는가 불현 듯이 일
어서
임금님 귀는 당나귀 귀 임금님 귀는 당나귀 귀 임금님
귀는 당나귀 …

마네킹과같은

초점잃은시선으로나를보지마라너는식물이냐동물이냐숨쉬는
사람이냐눈에보이는게없니끊임없이상승을꿈꾸는저가로수는
바람앞에서차라리자유스럽다어쩌한부당에도분노할줄모르는
사슬을끊고달아날생각을해보지않은너는가발쓰고멍청히있는
저마네킹과무엇이다른가싫으면싫다고하라반응을보이란말야
바보녀석너는지금모르지만조롱당하고있는거야유리관안에서
철창속에서수정할수없는규칙속에서배부름에만족한돼지처럼
사육되고있는거야개코도모르면서박수를치면서따라웃으면서
가정을위하여이웃을위하여건설을위하여세계의평화를위하여
변명에불과해옳은것을위하여나는일하고투쟁하고죽는다고 ?
무엇이옳은가 ? 쇠창살속에서듣는컴프레셔소리무엇인가줄창
붕붕대는소리철커덩철커덩쿵쿵차르륵차르륵자르르찰칵찰칵
다이얼을돌리고버튼을누르고스위치를넣고서명을하는동안에
너는말을잃고말문을잃고끝내는벙어리가된채아무런말도없이
죽어가는것이다그렇다면나는 ? 하루두번참회의기도를올리고
세번이상반드시타협하는나는 ? 묵인하는나는 ? 그동태눈으로
나를보지마라때려주겠어차라리증오에찬눈으로나를노려보라
손뼉을치는동안에너의영혼은육체를빠져나갈것이다노려보라

밀실

느닷없이사이렌이울리고온동네
수휴전 : 하던전쟁을얼마동안전

죄데	쉼깃
는은	쉬불
나않	는이
벽지	동삽
의르	안시
둠다	남간
어가	과에

고배은달배실밀의씩나하은북꺼
하못도가도오는나서에길행다진

휘어짐에 대하여

아들아, 내 너에게 효도를 요구하지 않으마
삼강오륜의 동방예의지국에서 태어나고 만
내 아들아, 손위라고 무조건 허리 굽히지 말아라
부끄러워할 줄 모르는 아버지를, 그 아버지를
아들이라는 이유로 모실 필요가 없다 네가 크면 나를
내다버려라 나는 효도를 요구하지 않겠다

아침 신문을 보니 행주산성 부근에서 잡힌 물고기의 등이
휘어져 있다고 한다 더러운 그 강의 그 물고기지
구한말과 일제 36년과 미군정
웬수놈의 6 · 25와 4 · 19와 5 · 16
그 뒤의 또 무엇무엇을 목격하신
내 할머니의 등은 어느덧 90도의 각도로
휘어져 있다 정작 휘어져 있는 것은
팔순의 할머니가 아니라 우리들의 아버지, 너희의 할아
버지다

동족을 체포하고, 취조하고, 잔인하게 고문한 것은
우리들의 아버지다
동족의 머리에 대고 카빈총으로 소련제 총으로
방아쇠를 당긴 것은, 한강 다리 끊은 것은
우리들의 아버지다
마음 휘어진 몇 분 너희 할아버지 때문에
국민방위군 천여 명이
먹을 것 못 먹고 입을 것 못 입어 죽었다
담요 한 장 두르고 길 가다 얼어 죽었다

굽실굽실 휘어져 온 우리들의 아버지는
발포 명령도 잘 수행한다
어디에서 어디에서 또 어디에서
아무것도 모르는 양민들이 끌려나와
모든 것을 아는 학생들이 몰려나와
떨고 있을 때, 외치고 있을 때

네 알겠습니다 네 그렇게 하겠습니다
굽실굽실 능수버들처럼 잘도 휘어져 온
그 아버지의 그 아들인 나를 너는 결코 본받지 말아라.

폭력과 비폭력

자코모 마테오티[*]에게

에이브러험 링컨(1809~1865. 4. 14) 워싱턴 포드 극장

김옥균(1851~1894. 3. 28) 중국 상하이 동화양행

이토 히로부미(1841~1909. 10. 26) 만주 하얼빈 역

김좌진(1889~1930. 1. 24) 만주 영안현 자택 부근

여운형(1885~1947. 7. 19) 서울 혜화동 로터리

김구(1875~1949. 6. 26) 서울 경교장京橋莊

---

[*]　자코모 마테오티(Giacomo Matteotti, 1885~1924, 이탈리아의
　　국회의원): 1924년 5월 30일의 국회에서 통일사회당의 마테오티
　　는 지난번 선거에서 자행된 파시스트의 폭력과 불법을 날카롭게
　　공격했다. 소란해진 의회, 야유와 협박의 고함 속에서 연설은 거
　　의 알아들을 수 없을 정도였으나 그래도 마테오티는 2시간 가까
　　이나 단상을 차지하고 공격을 퍼부었다. 연설이 끝나고 국회에서
　　나갈 때 그는 동료에게 말했다. "내 장의(葬儀) 연설이나 준비하
　　게." 연설하는 동안 무솔리니가 꿈쩍도 않고 줄곧 앉아 있기만 하
　　던 그 모습은 인상적이었다고 한다. 그런데 과연 장의 연설은 필
　　요했었다. 6월 10일부터 행방불명이 된 마테오티는 두 달이 지난
　　8월 16일, 로마에서 14마일이나 떨어진 리냐노플라미니오의 숲에
　　서 시체로 발견되었다. 6월 10일에 그는 파시스트에게 연행되어
　　자동차 안에서 살해당한 것으로 추정된다.

존 F. 케네디(1917~1963. 11. 22) 텍사스주 댈러스

마틴 루터 킹(1929~1968. 4. 4) 테네시주 멤피스

박정희(1917~1979. 10. 26) 서울 궁정동

안와르 사다트(1918~1981. 10. 6) 이집트 중동전 전승 기념식장

베니그노 아키노(1932~1983. 8. 21) 필리핀 국제공항

인디라 간디(1917~1984. 10. 31) 뉴델리 차 속

자크 엘륄: 폭력은 오만이요, 분노요. 광기이다.

랩 브라운: 살육에 대한 유일한 대답은 살육이다.

스토클리 카마이클: 백인은 사람들을 착취한다. 우리는 폭력에로 부름 받았다.

잘로 신부: 부정당한 폭력은 정당한 폭력에 의하여 구축되어야 한다.

프란츠 파농: 식민지인은 폭력 속에서, 그리고 폭력을 통해 자유를 발견한다.

"나치에 대항한 프랑스의 레지스탕스는 자유롭고 정의로운 공화국을 창건하려는 것이 목표였다. 그러한 레지스탕스의 주인공들이 1945년 알제리의 세티프에서 4만 5천 명의 인민을 학살하였으며, 1947년에는 마다가스카르에서 10만 명 가까운 대학살을 감행하였다."

선전 포고도 없이
야만의 날들이 진군해 오고 있다 지상의 남은 빛이
일시에 사라지는 야만의 밤 까막눈의 밤 우후의 죽순과
같이
바라크들이 들판에 세워지고 망루의 탐조등
결국 세계는 감시하는 사람과 감시받는 사람으로 분리
될까
이윽고 하늘을 뒤흔드는 전폭기 폭력에 대한 폭력적 반
등 혹은
비폭력에 대한 폭력적 반동 저공비행 속도를 죽인 마하의

전폭기 눈 깜짝할 사이 무차별의 폭격 조명탄으로 밝아
지는 지상

연기 기둥과 함께 화염에 싸이는 나의 집 내 직장을

예감한다 무자비한 폭격 어느 날 모든 사람들이 일시에

표정을 잃게 되어도 나의 귀에는 오직

신음 신음 숨 넘어가는 소리

귀를 틀어막아도 나의 귀에는 오직

무거운 발소리 발소리 형장으로 향하는 발소리

아무런 희망도 없이 기다려야 할 끈끈한 시간 앞에서

누군가는 신념 때문에 누군가를 죽여야 하는지 누군가는

폭약을 적재한 트럭을 몰고 벽을 향해 달려들어야 하는지

소모품인 개인의 생명 하나밖에 없는 사람의 목구멍

목구멍에서 나온 마지막 외마디 소리

"브루투스, 너마저!"

"아버지, 제 영혼을 아버지 손에 맡깁니다!"

"나는 괜찮아 … "

결국 세계는 심문하는 사람과 심문받는 사람으로 분리
될까

입술이 터지고 해진 옷 어디론가 사라져 간 그대

신념 — 죽어야 할 이유에 몰려 있던 그대

개인의 개인에 대한 테러와

개인의 집단에 대한 테러와

집단의 개인에 대한 테러와

집단의 집단에 대한 테러가

무엇이 다른가

물리적 폭력과 경제적 폭력과 심리적 폭력이

무엇이 다른가

묻고 싶다 자유로부터 격리되지 않으려고 일어선 그대여

우리는 자라면서 사람을 죽이는 법을 배우게 된다.

?

개인과 전체가 한군데에 묶여 있다
개인과 전체가 묶여서 피 속의 흰피톨처럼 움직인다

나는 앞으로만 걸으려 애쓴다 마음과 달리
내 몸은 자꾸 뒤로 밀려난다
(이때의 나는 피해자이다)
한 지점에서 늘상 다른 지점으로
알지 못할 힘에 의해 밀려난다
아니다 나로 인해 누군가가 뒤로 밀려난다
(이때의 나는 가해자이다)
동시대를, 살아 있다는 이유로 살고 있는
낯익은 사람과 낯선 사람, 내국인과 외국인
묶여서 움직인다 지구가 태양계를 벗어날 수 없듯이

아무 거리낌 없이 살고 싶었다
나의 자유가 세계의 자유로 확대되는 날까지
내 일상의 충만함이 세계의 충만함으로 확대되는 날까지

나는 걷고자 한다 그러나

(   )이라는 속박 밑에서 나는 해방될 길 없다
가까이 살면서도 알지 못할 (   ) 때문에
총기를 닦고, 벽을 만들어 세우고
대치한다
나와 그, 우리와 그들, 아군과 적군으로

열심히 듣는 자는 보지 못한다
열심히 보는 자는 듣지 못한다
마른 땅 위에서 뱃멀미를 하며
나는 어디로 걸어가고 있는가
숨탄것들 때가 되면 다 죽어야 하는데
… 나는 아직도 인간인가?

갑자기 어디선가 연속적인 총성이

빛의 비밀

1
너는 빛이다 어디에도 안주할 줄 모르는
너는 균일한 매질 내에서는 직진한다 초당
$2.997925 \times 10^8 \text{m/s}$의 속도로 달려와
숨겨 있는 사물들을 차례로 부활시킨다 생명의 원천인
빛 — 새롭게, 거듭 새롭게 의미 부여를!
아니다 너는 유한하다 태양도 언젠가는 사멸하고
지금 빛나는 이름들의 사물
각기 다른 색깔로 살다 사라지고 살다 사라지고
늘 암흑인 지상의 반쪽, 진통제가 없는 그곳에
좀더 빛을!

2
내 의사와는 무관하게
너는 때로 흥분하여 반사하고
때로 수더분히 굴절한다

나 처음 태어나 눈물 흘렸을 때
은하의 바깥에서 수명 다한 별 하나
사라졌으리 밤이 오면 식구 곁에서 잠들었고
낮에 뛰어다녔다 유년 시절의 방패연이며 풍선들
높이높이 올라가 어느 별자리까지 갈 것을
나는 믿었었다 내 의사와는 무관하게
빛은 계속 빛났으며 나는 해마다 자랐다 자라면서
때로 흥분하여 외부로 반사했고
때로 수더분히 내부로 굴절했지만 빛을
볼 수는 없었다 해마다 더 길어지는 나의 그림자.

3 (삽화)*
나의 망막을 뚫고 너는 들어온다

아픈 시신경, 미치도록 잠자고 싶을 때
하루 또 하루 다시 하루 … 졸음을
참을 수가 없을 때, 도저히 잠 이루지 못하게 하는
망할 놈의 저 빛 빛을 치워 다오
계속 걸어! 실토하면 불을 끈다 똑바로 걸어!
차라리 암흑 속으로, 완전한 암흑 속으로
눈뜨지 않았던 다사로운 자궁 속으로, 그 이전
정자와 난자의 상태로, 태초 이전으로.

4
묘목을 심는다 비 개인 봄날
에너지의 덩어리인 빛이 사방에서 말한다
모두가 왕인 이 지상의 영장을
용서하라 용서하라고 자꾸 말한다
물론이다 내 무수히 용서하고 용서받을 것이다
무럭무럭 싹 자라나 경건한 대지, 대지의 수목처럼

껴안고 싶다 꼭 한 번은 껴안게 될 것이다
하늘을, 태양계를, 은하계를, 이루 헤아릴 수 없는
별을, 존재의 궁극을, 질량의 총체를
지금도 멈춤 없이 팽창하고 있는 우주를.

5
입사하는 빛의 각 양자가 가지는 에너지 양은
최대의 광전자 에너지 더하기
빛이 모여지는 금속면에서 전자를 방출시키는 데 필요
한 최소 에너지

$\lambda = \dfrac{h}{mv}$, $p = mv$ (λ: 파장, m: 질량, v: 속도, p: 운동량)

너는 입자인가 파장인가
입자이면서 파장인가
조선 초기에 출발한 빛이 오늘 밤
나로 하여금 북극성을 보게 한다
빛이여 아는가 우리 지금 더불어

존재하고 있음을 공존의 넉넉함을
춤을 추라 파장 움직이는 너와 함께 춤을 추겠다
기뻐하라 입자 살아 있는 네 모습을 사진찍어야겠다
태초에 광속이 있었나니 …

6 (삽화)
지금도 선연한 그 사탕수수 냄새
죽어가고 있었다 시시각각 적은 다가오고
태양은 지글지글 끓고 있었다 하복부 관통상
타오르는 눈빛으로 애원하는 소대원을 버리고
"자, 가자. 5분 내로 이 지역을 벗어나야 해."
"소대장님, 살려 주십시오. 살고 싶습니다."
남국의 태양은 이글이글 타오르고 그 사탕수수밭
너의 눈빛처럼 나 또한 불타고 싶었다.

7

너는 어디로 숨으려 하는가
또 한 세기가 저물어 가는 이 황량한 대지에서
나를 향하여 삭풍이 분다 눈을 뜨자
세상이, 사람들이, 살아 있는 아무것이나
보고 싶다 다가가, 어울려. 친해지고 싶다
그런데 이 분간할 수 없는 어둠 나를 감금하는 이
어둠을 몰아내기 위해, 들불을 놓기 위해 성냥을
꺼낸다 켠다 꺼진다 켠다 꺼진다 켠다
꺼진다 켠다 꺼진다 켠다 꺼진다 켠다
성냥이 없다 나는 눈을 부릅뜨고
서 있을 테다 이 어둠 속에서 세찬 바람 속에서.

8

양자量子로서 방출되는 빛이
나의 마음 틈서리에서 회절한다

나는 깨어 일어난다 불면의 밤은 쉬 찾아오고
육안으로 볼 수 있는 별과
내가 모르는 모든 별이 지금도 어디에선가
스스로를 태워 빛을 내고 있다 날개가 없어도 이카루스
날고 싶다 빛을 향해 다가가겠다 한 걸음씩
피땀으로 얼룩진 밤만 남아 기다릴지라도 한 걸음씩
다가가겠다 그런데 너는 어디로 달려가고 있나
$2.997925 \times 10^8 \text{m/s}$의 속도로.

나쁜 밤

지팡이를 짚고 내가 쏘다닌 것은
언제나 밤이었으며
완전한 밤이었기에
비틀거려도 넘어져도 하나씩 조심조심
만상의 뒷모습을 헤아린 뜻은
잡히지 않는 넋두리의 길거리에서
흉계가 교환되는 속임수의 시장에서
사람으로 불리우고 싶었기에
지팡이를 잃고 내가 쏘다닌 것은
가장 눈부신 밤이
가장 절망적인 밤과 더불어 있었기에
허우적거리며 이리저리 부딪치며
몇 백 시간을 걸어도
몇 천 시간을 걸어도
자기 몫을 사는 사람 찾을 수 없었기에
나는 사람이기에

나는 하나이기에
나는 진정한
하나이고 싶었다.

무서운 꿈

튀는 공이 되어 달이 나를 향해 달려들었다 식은땀을
흘리며
부르짖었다 누가 내 목을 조르고 있다 사람 살려어
나를 못살게 구는 놈이 누구냐 내 그를
없애야 한다 누군가가 죽지 않으면 내가 죽는다
박테리아와 곤충은 남아 있을 거라는 말세가 오더라도
우선 살기 위하여 누군가를 없애야 한다 나는 살고 싶다
… 비명을 토하는 그녀의 복부에 나는 힘껏 칼을 꽂았다
그녀는 고꾸라졌다 미리 준비한 이발용 면도기를 꺼냈다
양팔과 두 다리를 절단했다 비닐백에 담고 보니 살코기
가 듬뿍한
인간의 토막 — 피범벅이 된 사지, 몸통과 머리.

종일을 걸어도 제자리였다오
뿌리 깊은 증오심
허구한 날들을 넋 나간 놈처럼 헤매었지만

열려 있는 대문 하나 찾지 못했다오
타인은 모조리 지옥입니까
사람 사는 마을을 찾아
내 지친 육신 이끌고 헤매었지만
종일을 걸어도 제자리였다오
숨 쉬고 있는 주검들만 보였을 뿐.

죽여야 한다 사상적으로 화해할 수 없는 이방인을, 동
족을
학살해야 한다 더 새로운 무기 아니, 박테리아를 배양
해서라도
이제는 뼈다귀와 잿더미만 남아 있는 이 지상에서 행해
지는
그 어떤 범행도 기록되지 않으며
그 어떤 범죄도 벌받지 않는구나
하늘에서 풀풀 떨어지는 죽음의 재여.

사람 살려어 사람 살려어
외쳐야 한다 도움을 청해야 한다
물에 빠진 나는 벙어리인데 …

상황 3

틀렸다 달아나자 화살보다 빠르게 담벼락을 뛰어넘어
튀자 임마 뭘 하고 있니 시간이 없다 호루라기 소리
사방에서 어지러운 구둣발 소리
저놈 잡아라! 저기다!
누군가 들킨 모양이다 머뭇거릴 시간이 없다 어서, 어서
죽음이냐 연명이냐 선택해야 할 때가 마침내 온 것이다
몸은 자유로웠으나 줄곧 사로잡혀 있던 의식과 무의식
정해진 날짜에, 반드시 정해진 시각에
자리를 뜨고
사람을 만나고
대금을 지불하고
보고서를 올리던 우리
사업상의 약속들 입증해야 했던 입증할 수 없었던
원인과 과정이 우리의 발목을 잡고 있는데, 등 뒤에는
인간의 얼굴을 한 공간 공간들
쥐도 새도 모르게 사라지는 행간 행간들

자신도 모르는 사이에 우리는 누군가를

　해치우는 데 열중하고 있었던 거다 나도 모르는 사이에

　내가 나를 죽이고 있었던 거다 나는 나인데 내가 아니
었다

　쉿! 아무 얘기도 하지 마 숨을 죽여 생각을 죽여

　벽에 바짝 붙어 놈들이 가까이에 있다

　될 대로 되라 나는 순응하겠다고 일사불란하게

　언제나 질서정연하게 정해진 스케줄에 따르던 나날의 끝

　변동이 없는 규약문規約文을 훔쳐 멀리 달아나려 했다

　모든 의혹의 창틀을 부수고 화살보다 빠르게 담벼락을
뛰어넘어

　그런데 제기랄, 누군가 들킨 모양이다 튀자 임마 뭘 꾸
물거리니

　여기는 막다른 골목이 아냐

　밤이 우리를 보호하고 있다

　우리는 공범이다.

최후 진술

단 며칠이라도 더 저의 삶이 연장되어
사랑하는 사람들 사랑할 수 있다면
혼신으로 사랑하겠습니다 모두를 용서하고
괴로워하지 않겠습니다 그대들은 아십니까
제 그동안 얼마나 의무에 충실하고자 애썼는가를
얼마나 저녁노을과 여행을 좋아했는가를
살아서 숱한 좌절의 아픔을 앓아야 할 그대들이여
그 아픔으로 조금씩 성화될 것입니다 신에게 다가갈 것
입니다
세계와 저는 오늘 처음으로 화해했습니다

부풀어 오른 공포가
무거운 시간 뒤에 잠복해 있습니다 심호흡을 해도
손이 떨립니다 그러나 후회하지 않습니다 의연히
기도를 올리고 정좌한 오늘, 오늘이 가면
오늘은 죽고 없겠지요 지난날 제 눈을 뜨게 해준

빛을, 새벽 공기를, 가뭄 끝 소나기를, 웃는 아기를
얼마나 사랑했는지 발 디디고 있는 내 나라
자유 민주주의의 나라를 얼마나 꿈꾸었는지
알아주십시오 뭇 사람에게 진리와 정의를 알리지 못하고
저의 그 눈뜨지 않았던 시절의
양수 속으로 노 저어 떠나려합니다

남아서 그대들은 열렬히 사랑하십시오
살아 있는 한 서로를 불쌍히 여기십시오
증오 질투 오만 원한 기만 부정
다 우스운 것들입니다 이제 제가 사라져도
변한 것이 조금도 없다면 제가 사라져도
서로 죽이고 억누르고 미워한다면 …
그 가정으로 지금 가슴 몹시 쓰릴 따름 흐트러짐 없이
새로운 연대의 새벽을 맞고 싶습니다
묻어 주세요 저의 유해를

불면의 밤마다 한 사람을 갖고 싶었다오
갖고 싶었다오, 기억해 주십시오
....
제 영혼을 거두어 주소서, 지저스.

침몰선

바람의 넋들이 쳐들어와 난파하는 배
먼 바다 풍경을 흐트러뜨리고 있다 향하는 곳 어디
모든 길들이 가로막히고 있다 봉쇄되는 길들
얼마나 많은 날을 다시 기다려야 다툼이 끝날까
계절과 밤낮이 제자리를 찾게 될까
태양과 독방의 벽이 입 맞추게 될까
이 순간에도 어느 곳 어느 누군가가
닭처럼 목 떨구며 숨져가고 있으리라
눈뜨면 마스트는 조금 더 기울어져 있으리라
임종의 자리마다 흘린 피 굳어가고 있으리라
해안으로 가는 길, 접근을 막고 있다
아침이 제지당한다 신탁과 잠언이 없는 시대
찌푸린 하늘이 마침내 미친다 수평선을 지우며
폭설로 하얗게 뒤집히는 광기의 저 바다를
회피하지 않으리 맞서서 싸우리 마구 휘청거리며
온몸을 떨며 생각하였다 나의 사후를

… 나는 죽음을 감당할 능력이 있을까

온갖 죽음을 겪으며 뛰어넘을 수 있을까

유보되어 있던 고통들이 꼬리를 물고 닥쳐와도

진실에 다가가려는 노력을 멈추지 않겠노라 않겠노라

맹세할 수 있을 것인가 눈발에 두들겨 맞는

겨울 나무가 좀처럼 흔들리지 않는다 배가 가라앉고
있다

빨리 가서 이 사실을 알려야 한다 흰자위를 드러내는
바다

저 어둠 속 동시대인의 아우성을.

우리들의 유토피아

1
침묵을 배웠나 봅니다 당신들은
마른 잔디를 쓰고 누워, 저마다 명이 다해
이 무덤 앞에 꽃을 놓지 않겠습니다
꿇어앉아 흐느끼지 않겠습니다
무덤도 없이 사라져 간 목숨들은 얼마나 많을까요
언제, 어디서, 어떻게 죽었는지
당신들이 갖다 묻었던 그 많은 사람들.

2
종이 울리고 있다 대지의 사람들이여
더 크게 울어라
종들이 울고 있다 반도의 노예들이여
숨어서 울어라
통곡으로 밀고 오는 새벽을 맞기까지는
아직도 많은 날들을 기다려야 한다

3

대낮에도 이곳은 밤

달 바라는 마을 위로 엎드리는 밤, 어둠이

모든 핏자국을 지우고 떨리는 목소리 잠재운다

눈을 뜨면 다시 밤, 어둠이

온갖 저주받은 희망과 함께 금남로에 남고

고향을 등져야 했던 익명의 사내들

시민이 왜 시민군이 되어야 했을까

수초처럼 흐늘거리는 우리들의 머리 위로

다시 와 주둔하는 밤이 여전하다.

4

그대 얼굴에 붉은 흙을 던진다

흙은 너그러워

그대 식은 몸 따뜻이 감싸 안으리

그대 묻힌 그 땅 위에 꽃을 피우고

풀벌레도 철새도 쉬어 가게 하리
그 땅 위에서 어느 날
다른 생명이 저의 자식을 순산하리
그대 얼굴에 붉은 흙 한 줌 던진다.

5
삶기지 않을 삶
얼지 않을 얼
바뀌는 계절의 갈피마다
남도의 바람과 못 다 이룬 꿈들은
으레 속병으로 뒤척이게 마련일 테지만
만세를 부르다 죽어간 그대들 뒤의
저 일몰은, 마치도 후광 같은.

6
우리들의 울음은 오래가지 않습니다

준비해야 할 일이 생각나기 때문입니다
보랏빛 산 그리메 곁에 와 눕는 저녁
새로운 목숨을 빚기 위해 일을 한,
그리하여 목이 타는 생명들
점점이 다가오고 있습니다
집집이 불이 켜지고 있습니다.

7

인간다운 삶에의 목마름

조남현 | 문학평론가 · 서울대 명예교수

1984년 〈중앙일보〉 신춘문예에 〈화가畵家 뭉크와 함께〉로 당선, 시단에 나온 이승하는 3년 후인 1987년 가을에 첫 시집 《사랑의 탐구》를 묶어 낸 바 있다. 그리고 1년이 지나가기가 무섭게 60여 편의 시를 한자리에 모은 제 2시집 《우리들의 유토피아》를 내놓게 되었다. 이쯤 되면 이승하도 '부지런한 시인'임에 틀림없다.

80년대의 우리 시단이 보여 준 특징의 하나로, 기성이건 신인이건 가릴 것 없이 앞을 다투어 가며 많은 작품을 발표한 현상을 들 수 있다. 시의 경우 소설과는 달라 많이 쓰는 것과 좋은 시를 써 내는 것 사이엔 어느 정도 정상관正相關의 관계가 이루어지는 것이긴 하지만, 특히 80년대에 와선 이 관계가 더욱 뚜렷해지기도 했음을 목격할 수 있었다. 80년대의 주목할 만한 기성 시인들과 신인들의 얼굴을 떠올릴 경우, 남달리 많은 작품을 쓴다는 것은 주목할 만한 시인의 필요조건까지는 안 가더라도 능히 충분조건은 되는 것임을 저절로 깨닫게 된다. 시인으로서 단순독자들과 분석독자들의 시선을 모을 수 있으려면 우선 표가 날 정도로 많이 써 내야 한다는 따위의 통념은 80년대에 와서 더욱 굳어지게 되었다. 이승하는 같은 시인인 장정일, 김용택, 윤성근 등에 비하면 덜 양산하는 편이긴 하지만 위의 통념의 한 적절한 실례임도 부정할 수 없다.

이승하 나름의 시 정신과 방법론 그 본바탕을 찾기 위해서는 데뷔작 〈화가畵家 뭉크와 함께〉를 일별해 볼 필요가 있다. 우선, 이 시는 의도적인 말더듬기 수법을 통해서 일시에 그것도 힘 있게 독자들을 자기 쪽으로 끌어들이게 된다. 이어 독자들은 이 시에서 퍼소나로 하여금 말을 더듬게 만든 상황이나 배경을 향해 눈을 뜨게 된다. 그러고 나서는 전율, 중압감, 공포심 등으로 이름 지을 수 있는 감정의 늪에 빠져 있음을 새삼 깨닫는다. 이 시에서의 말더듬기 수법은 이러한 감정의 세계를 더욱 효과적으로 개시開示하기 위한 실험정신의 한 산물이라 할 수 있다. 시에 있어 실험정신은 시어·외형·표현방법, 즉 '어떻게'라는 측면에서 대체로 잘 간취되는 성격의 것이다. 그런데 이때 시에서의 '어떻게'가 '무엇'과 상조相照의 관계를 이루지 않을 경우, 실험정신은 공연한 자기 과시나 장난기 또는 부정의식의 표출이라는 수준에서 머물기 쉽다. 뒤에 가서 좀더 자세하게 논할 것이지만, 한마디로 이승하의 실험정신은 철저하다고 할 만큼 시적 인식 혹은 상상력에 봉사할 태세를 갖춘 것이라 하겠다. 이따금 보이는 그의 실험정신은 인식의 내용, 상상력의 알맹이를 보다 효과적으로 또 충격적으로 전달하는 데에 목표를 두고 있다. 이 한 가지 사실만 미루어 보더라도 이승하는 80년대의 우리 시인들 사이에서 자주 나타나고 있는 자기도취, 무절제, 매너리즘 등의 병폐를 잘 뛰어넘은 경우에 들게 된다.

실험정신은 특히 형식적인 측면에서 새로운 것을 모색하는 것이긴 하나, 실험정신은 곧 전통파괴라는 등식에 사로잡히다 보면 이승하는 의식 면에서나 형태론적인 면에서나 얼핏 반전통反傳統의 시인으로 굳어지기 쉽다. 그러나 이승하가 꼭 필요한 경우에만 실험정신을 내보이려 했다는 점, 또 그의 실험정신이 독자들의 감지력을 벗어나 있지 않다는 점 등을 염두에 두면, 그를 반전통의 시인으로 규정하는 것은 무리일 수밖에 없다. 그의 첫 시집《사랑의 탐구》의 시 형식으로 된 자서自序에 한참 시선을 주다 보면, 그를 전통파괴의 시인으로 몰고 가는 것이 어디까지나 억지임을 깨달을 수 있게 된다.

사물을 투시하여 사상이 떠오르고

사상이 무르익어 말이 넘치고

말이 걸러져 시가 되고

시가 사람을 만나 노래가 된다면 … 좋겠다.

관찰 → 사상의 형성 → 언어질서 → 시 → 독자와의 만남 → 노래의 절차를 시 한 편의 창작과 수용의 기본과정으로 파악하고 있는 위의 시에서, 이승하는 오히려 재래적 공법에 기운 것으로 비친다. 그는 메시지나 신념이 형식을 압도한 그런 식의 시들이 안겨 줄 법한 충격과 자극을 충분히 인정하면서도, 이제껏 흐릿하게나마 정풍正風으로 여겨져 왔던 시의 양식화 방법을 지키려는 의지도 드러내 보이고 있다. 어떤 의미에서 이승하는 70년대의 우리 시가 보여 주었던 양극론兩極論이 80년대에 들어와 화해의 가능성을 일궈 내는 가운데 빚어낸 제3의 새로운 흐름을 실증하고 있는 것인지도 모른다.

70년대에 이어 80년대에 와서도 '시다운 것'에 얽힌 통념이 심하게 몸살을 앓고 있음은 잘 알려진 사실이다. '시다운 것'에 얽힌 통념은 시의 형식이나 소재는 옛것에서부터 절대 변할 수 없는 것이라고 명시 혹은 암시하는 '고정론자'들과 인식과 형식의 면에서 시는 무한정 자유로울 뿐이라고 생각하는 '반코드론자'들 사이에서 아직도 계속 떠도는 중이다. 물론 이때의 통념은 어느 한 축으로 쏠리거나 붙어야 해결할 수 있는 성질의 것은 아니다. 말하자면 이승하는 고정론자들과 반코드론자들 사이에 서 있는 시인이라 할 수 있다. 그런데 이승하는 비슷한 입장에 서 있는 시인들이 대부분 방황의 양태를 드러내고 있는 것과는 달리 자기스타일 혹은 자기세계를 일찌감치 확정 짓고 있는 듯하다. 첫 시집《사랑의 탐구》를 보면, 그는 시〈겨울굿판〉,〈백수광부白首狂夫의 처에게〉,〈풍어제豊漁祭〉등에서처럼 한국적인 것의 아이덴티티를 찾고, 일으켜 세우고, 굳히는 데 힘쓰고 있으며〈대한해협을 넘어〉,〈너와 나의 거리〉등의 시에서 확인할 수 있는 것처럼 우리의 역사와 상황에 대한 관심을 게을리하지 않고 있다. 그런가 하면 시〈사랑의 탐구〉가 그 대표적인 예가 되는 것처럼, 삶에 대한 차가운 통찰과 따뜻한 애정을 뒤섞는 것도 잊지 않고 있다.

앞서 말한 실험정신과 함께 이렇듯 몇 가지의 관심경향은 부분적으로 수정되긴 하였지만 두 번째 시집《우리들의 유토피아》의 저변을 만들어 내기에 이른다.《우리들의 유토피아》에 오면 이승하는 과거보다는 좀 빈번하게 실험시를 써 내 보이고 있으며, 한 한국인으로서의 의식세계에서 한 도시인 혹은 소시민으로서의 자의식 쪽으로 관심의 방향을 틀어 버리기도 한다. 그런가 하면 부정적 현실에 대한 비판의식을 더욱더 날카롭게 다듬은 흔적도 엿보인다. 아직은 성급한 판단일지 모르나 이승하는 '우리'의 문제에서 '나'의 문제로, 추상적인 제재에서 구체적인 제재로 옮겨 가는 도정에 있지 않나 싶다.

앞서 지적한 것으로, 이승하의 시들 가운데서 실험정신이 유도된 작품들은 양적으로 그리 큰 비중을 차지하는 것은 아니지만, 이승하의 시 세계의 특질을 추출하는 자리에서는 결코 빼 놓아서는 안 될 자료들이다.

> 쾌락의 한계효용
> 고통의 한계효용
> 무턱대고 자수하고 싶은 마음으로
> 쫓기어 와 쫓기어 와서 이 천길
> 낭
> 떠
> 러
> 지
> 에 서서.
>
> ─〈육교 난간에 서서〉

한닢놓고

전

정하고동

걱

는취직을

나

을오르며

단

지하철계

—〈1985년 제야〉

느닷없이사이렌이울리고온동네

수휴전 : 하던전쟁을얼마동안전

죄데	쉼깃
는은	쉬불
나않	는이
벽지	동삽
의르	안시
둠다	남간
어가	과에

고배은달배실밀의씩나하은북꺼

하못도가도오는나서에길행다진

―〈밀실〉

〈육교 난간에 서서〉와 〈1985년 제야〉는 한 연에서만 일
탈한 외형을 보인 경우며 〈밀실〉은 아예 전편을 뒤틀린 구
조로 처리한 경우다. 〈육교 난간에 서서〉는 〈낭떠러지〉란
단어를 세로로 내려씀으로써 낭떠러지를 가시화하는 데
큰 효과를 올리고 있고, 〈1985년 제야〉는 아랫줄에서부터
시작하여 윗줄로 거슬러 올라가 읽게 만들어 놓음으로써
작중 화자가 지하철계단을 올라가는 모습을 실제로 보는
듯한 착각에 빠지게 한다. 〈밀실〉의 경우 우선 외벽을 이
루고 있는 시행부터 가로 → 세로 → 가로→ 세로의 순으
로 읽어야 뜻이 통하게 된다. 내벽을 이루고 있는 시행도
같은 요령으로 읽으면 된다. 그러다 보면, 〈밀실〉은 야간
민방위 훈련을 소재로 하여 남과 북 사이의 단절감을 새삼
일깨워 준 시임을 깨닫게 된다. 이승하는 〈밀실〉이라는
제목에 걸맞게끔 단어들로 외벽·내벽을 쌓아 결국 하나
의 밀실을 만들어 놓고 있다. 이승하는 참으로 용의주도
하며 날카로운 시인이다. 그는 색과 선이 아닌 말로써 빈
틈없이 그림을 만들고 있지 않은가. 그가 드러내 보인 일
탈한 외형 혹은 뒤틀린 구조는 빈틈이 없으면서 인상 깊은

가시화를 분명하게 의식한 것이기에, 독자들은 시 양식의 무한한 가능성을 다시 한 번 확인하면서 또 한편으로는 시에게 친근감을 느끼게 될 것이다.

시 〈밀실〉이 시행으로 벽을 쌓아 외부와 단절된 밀실의 모양을 그려낸 데 비해 〈미로학습〉은 만원인 전철 칸과 하늘을 연결시키고 있는 네모진 차창을 시행을 가로 · 세로로 미로처럼 엮어 그려내 보인다. 보신탕을 제 1차적인 제재로 하여 오늘날 성문화의 범람과 타락을 비꼬고 있는 〈헨리 밀러 씨와의 외출〉은 왼쪽에서부터 시작하여 사선斜線으로 읽어야지만 제대로 해독되는 묘미를 지닌 것이다. 단 한 번의 띄어쓰기도 허용하지 않은 채 처음부터 끝까지 단어와 단어, 문장과 문장을 계속 붙여 쓴 〈마네킹과 같은〉도 실험시의 범주에 넣을 만하다. 그러나 〈마네킹과 같은〉처럼 띄어쓰기를 완전히 무시한 시는 1930년대 이상李箱 이래로 심심치 않게 보아온 만큼, 시인이 노리고 있는 참신성이 얼마나 살아날지는 그 누구도 당장 확답할 수 없다. 온갖 공해로 찌든 도시에서 샐러리맨으로 살아가는 자기 삶의 분위기를 "위축"과 "반복" 두 단어로 꿰뚫고 있는 듯한 〈어떤 리허설〉에서 이승하는 이 두 개념을 사람으로 바꿔 둘이 푸념과 자조감을 섞어 대화하는 형식을 취했다. 희곡의 형식을 따온 이런 표현방법이 흥미를 불러일

으키면서 동시에 분명한 환기효과를 사고 있음은 두말할
것도 없다.

　　말이필요없는가점과점사이에우주가있다
　　그런데
　　네정신의분화구에서오래견디어온몇마디의허기진언어
　　아직
　　부글부글끓고있는가폭발의날지긋지긋기다리고있는가
　　(중략)
　　아무리
　　문마다자물쇠로채워져있다고하여열려고하지않는다면
　　아무렴
　　침묵에익숙해지면더욱무력한침묵더욱비참한침묵일뿐
　　결국
　　묻는말에만대답하고있으면나란존재는생략되리라말없음표
　　　　　　　　　　　　　　　　　　　　　—〈……〉부분

　　개인과 전체가 한군데에 묶여 있다
　　개인과 전체가 묶여서 피 속의 흰피톨처럼
　움직인다
　　(중략)

164

… 나는 아직도 인간인가?

　갑자기 어디선가 연속적인 총성이

—〈?〉 부분

　말없음표 혹은 물음표가 제목인 위의 두 시는 인식과 형태 사이의 상조相照를 대전제로 삼고 출발한 이승하의 실험정신이 낳은 값진 결과라 아니할 수 없다. 이 두 작품은 독자들의 시선이 한참 동안 제목에 머물게끔 만든다. 곧이어 독자들은 이승하가 "침묵"의 현상과 속뜻을 아주 깊게 헤아린 끝에 말없음표로 제목을 갖다 붙인 것임을 짐작케 된다. 또 후자의 시에서 이승하가 존재의 본질은 자유임을 갈파하면서, 인간세계는 기본적으로 자유의 확대를 허용치 않고 있는 현실에 절망한 나머지 "나는 아직도 인간인가?" 하는 근본적인 질문을 던지게 된 것임을 알아차리게 된다. 문장부호로 제목을 잡은 이 두 편의 시는 각 개인에게 현실이니 상황이니 하는 것이 억압과 속박의 구조로 투영되고 있다는 인식을 공유하고 있다. 특히 전자의 시는 한 줄씩 건너뛰어 가면서 접속사나 부사 등을 배치하고 있는데, 이렇듯 작위성이 노골적으로 드러나는 배치방법이 시인의 치밀한 계산의 소산임은 두말할 것 없다. 이

시에서 한 행씩 건너뛰어 가며 나타나는 "그런데", "아직", "지금도", "글쎄", "아무리", "아무렴", "결국" 등의 단어들은 좀더 확대해석하자면 더러운 현실과 지저분한 인간들 앞에서도 그냥 입 다물고 살 줄밖에 모르는 사람들의 나약하고, 기회주의적이고, 체념이 빠른 그러한 모습들을 암시하는 것일 수도 있다. 〈헨리 밀러 씨와의 외출〉도 시형을 통해 시인 자신의 감정과 생각의 방향을 가늠할 수 있게 해 준다. 즉, 이 시는 앞서 말한 바와 같이 사선으로 읽어야 그 기본 의미가 해독될 수 있는 것인데 이 경우의 '사선으로 읽기'는 오늘의 쾌락주의 풍조를 향해 시인 이승하가 '흘겨보고 있음'을 암시하는 것이라 하겠다.

이상 이후로 실험시라고 할 만한 것들이 결코 많지는 않지만 계속 나오기는 했다. 그러나 대부분의 실험시들은 내용, 주제의식, 인식 등의 요소는 외면해 버린 채 기교나 재치의 과시 쪽으로 흐르고 만 나머지 오히려 독자들의 흥미를 반감시키는 결과를 빚어내었다. 실험정신의 명분 중 하나는 텍스트로서의 시의, 보다 적극적인 개방 의도에서 찾을 수 있는데, 지금까지의 실험시들 대부분은 오히려 텍스트를 본의 아니게 폐쇄구조로 몰아가는 결과를 보였다는 것이다. 80년대는 앞 시대에 비해 훨씬 더 많은 실험시들을 보여 주긴 했으나, 이승하만큼 자기도취나 자기과시에의 유혹을 잘 뿌리친 시인은 결코 흔치 않다. 이승하는 엄격한 자기통제에서 출발하면서 우선 상상력과 인식의 내용을 확정 짓고 나중에 이에 상응하는 형식상의 실험을 꾀했던 것으로 보인다. 이처럼 시의 외형 면에서 이승하가 의도적으로 내보인 실험의식은 기본적으로 인식론적 측면에서의 실험정신을 전제로 했기 때문에 성공의 발판을 닦은 것이라고 말할 수 있다.

그러나 형식상의 실험과 인식 면에서의 실험은 따로 떼어 놓고 볼 수 없다는 의견도 있는 것처럼, 인식 면에서의 실험 그 알맹이와 방향을 찾아내고 가늠하는 것이란 결코 쉬운 일이 아니다. 인식론적인 측면에서 이승하가 꾀한 실험의식은 그가 시적 상상력의 대상을 잡는 과정에서 제한을 두지 않았다는 점 그러면서도 감성보다는 지성에 더 크게 의존하는 접근법과 시각을 회복했다는 점에서 우선 손쉬운 대로 확인해 볼 수 있다. 《우리들의 유토피아》에 수록되어 있는 시들이 〈움직이는 도시〉라는 소제목과 〈상황 시편〉이라는 소제목 아래 이분되어 묶여져 있는 것처럼, 이승하는 도시에 사는 샐러리맨으로서, '나'의 문제에도 큰 관심을 가졌을 뿐만 아니라 곧잘 역사니 상황이니 시대정신이니 하는 이름으로 불리는 '우리'의 문제에도 적극적으로 또 진지한 표정을 지으며 다가가고 있다. 기계적으로 처리하면, 〈움직이는 도시〉에 묶여진 시들은 모더니즘 계열에 서 있는 것이 되며 〈상황 시편〉이라는 이름 아래 한자리에 모인 시들은 리얼리즘 계통에 드는 것이 된다. 배경과 퍼스나 그리고 정적 분위기의 면에서 시 〈움직이는 도시〉와 유사한 시들은 이승하가 '나'의 거짓 없는 얼굴을 찾는 데 힘쓰고 있음을, 또 여러 각도에서 자기확인을 꾀하고 있음을 잘 보여 준다. 그러나 이때의 '나'는 하루하루 쫓기듯 살면서 평범하기 짝이 없는 행태와 생각에서 빠져나오지 못하는 도시인들과 현대인들로부터 표 나게 동떨어져 있는 존재는 아니다. 어떤 의미에서 '나'는 부속품이며 한 구성인자일 뿐이다.

이승하는 극심한 생존경쟁에 시달리고 있는 현대인들과 도시인들을 보면서 '우리의 육체는 성실하지만' 결국 '개만도 못한 것', '투견'이라고 야유하고 있으며, 우뚝 우뚝 솟아 있는 건물들 속에서 나날이 야위어 가고 인간성이 박제되어 가는 개개인들을 목격한 끝에 "왜 사람이 보이지 않는가 사람이 보이지 않는가"(〈움직이는 도시〉) 하고 절망하기도 한다. 그러나 이승하는 도시와 도시인들 그 외관을 본 데서 머물고 있는 것만은 아니다. 그는 도시인들과 현대인들 사이에서 흔히 '병적징후', '병리구조'로 불리는 것들을 예리하게 짚어 내는 데까지 나아가고 있다.

예컨대 〈육교 난간에 서서〉는 근무하느라 녹초가 된 한 직장인이 "맹렬하게 짖고 싶은 기분"에 젖어 있음을 보게 되고, 〈저녁의 부검〉에서는 주어진 임무를 '신속·정확'하게 또 '사무적·기계적'으로 처리하는 것이 완전히 몸에 배어 버린 나머지 어떠한 존재와 현상에도 감동하는 일이 없는 그런 사람들을 만나게 된다. 〈곡예〉는 도시인들 사이에서 보편화되다시피 한 병적 징후들 "신경이 철거되고/ 영혼이 철거되는/ 최면상태 혹은 비틀거림"이라고 표현하고 있다. 〈현기증〉은 욕망의 증폭에 몸도 마음도 도저히 따라가지 못하는 현대인들의 일반적인 삶의 한 단면을 잘 열어 보였다.

현대인의 암울하기 짝이 없는 삶의 모습, 도시인의 무색 무취하고 비전 없는 삶의 분위기 그리고 망향의 정, 폭력에 대한 공포심 등 오늘의 한국인의 감정의 심연과 같은 것들을 잘 파헤쳐 보이고 있는 이승하는 때때로 상식적인 감정의 토로에 주저앉으려하는 것이 흠으로 남기는 하지만, 개성과 생명의식이 넘쳐흐르는 바로 그러한 인간으로서 살고 싶다는 바람을 귀결점으로 삼고 있음에 틀림없다.

횡단보도의 빨간 신호 작은 배가 멈췄을 때, 왠지, 왠지 막 외치고 싶더군. 나는 규격품이 아냐. 나는 규격품이 될 수 없다. 막 외치며 전속력으로 치닫고 싶더군.

—〈밤 귀가〉 부분

　　광대역 ISDN을 구축하기 위하여 그래서
　　세계는 하나이다 개인은 없다 가정이란 것이 없다
　　우리 집이 어디 집이냐 아들아 나는 알았다
　　저 혼자 움직이는 기계에 의해 각자 미래는 조작되는 것이다

—〈회로〉 부분

　　회의에 필요한 자료는 다 준비했는가?
　　네.
　　회의에 절차는 정해졌는가?
　　네.
　　설명에 필요한 차트는 작성되었는가?
　　네.
　　회의장의 마이크 시설은 확인했는가?
　　네

—〈상황 2〉 부분

　이상의 시들은 인간다운 삶을 근본적으로 방해하는 존
재나 개념을 밝혀놓은 좋은 예가 된다. 〈밤 귀가〉에서의

"규격품", 〈회로〉에서의 "기계", 〈상황 2〉에서 반복해서 나오는 "네"는 한 개인과 인간다운 삶의 방식 사이를 차단시켜 버리는 힘을 지닌다. 특히 〈상황 2〉는 독특하면서도 신선감이 넘치는 외형으로써 상명하복이 철저하게 이행되고 있는 사회를 아주 효과적으로 공략한 것이라 할 수 있다. 어떠한 서술의도를 지녔든지 간에 〈상황 2〉와 같이 흥미로운 형식과 감지하기 쉬운 내용이 잘 어우러진 작품들이 더 많이 씌어졌으면 하는 바람이다.

자신의 삶의 모습과 방식을 응시하는 가운데, 인간다운 삶을 억누르고 가로막는 존재들을 적시하면서 동시에 인간답게 살고 싶다는 외침을 아끼지 않고 있는 이승하의 시편들은 오늘·여기에 살고 있는 사람들에게 따뜻한 눈길, 연민의 시선을 보낸 것이라 할 수 있다. 그러나 이승하는 따뜻함과 연민, 위안과 구제를 보이는 수준에서 머물려고 한 것은 아니었다. 그는 차갑고도 투명한 지성을 바탕으로 하여 오류의 역사, 더러운 동시대인, 탐욕스럽기 짝이 없는 인간들을 향해 열심히 비판의 화살을 쏘아댄 것이다. 가령 〈1984년〉에서는 복부인, 현지처, 교육과열현상 등에게 냉소를 보내었고 〈세계사〉에서는 동서의 역사를 통해 끊임없이 자행되었던 '대학살'의 사례를 열거하면서 인간의 광기와 잔악성을 다시 한 번 잘 환기시키고 있다.

그리고 〈폭력과 비폭력〉에서는 암살된 국내외 정치가들의 이름을 열거하고 또 몇 가지 '폭력론'의 견해들을 소개하면서, 이 세계에서 이른바 힘 있는 자들에 의해 저질러지는 폭력과 테러리즘은 영원히 추방되어야 할 것이라는 열망을 은근히 내 비치고 있다.

형은 캠퍼스 잔디밭의 포커판에
어미는 계 모임의 고도리 판에
아비는 호텔의 카지노에서
이 시대의 밤이 얼마나 깊은 줄 모르니
불쌍도 하여라 배워도 못 배워도 마찬가지인
이 불안 이 속기(俗氣)이 미친 바람

　　　　　　　　　　　　　　　　　　　　　—〈거대한 노름〉 부분

동족을 체포하고, 취조하고, 잔인하게 고문한 것은
우리들의 아버지다
동족의 머리에 대고 카빈총으로 소련제 총으로
방아쇠를 당긴 것은, 한강 다리 끊은 것은
우리들의 아버지다
(중략)
네 알겠습니다. 네 그렇게 하겠습니다.

굽실굽실 능수버들처럼 잘도 휘어져 온

그 아버지의 그 아들인 나를 너는 결코 본받지 말아라

― 〈휘어짐에 대하여〉 부분

〈거대한 노름〉은 남녀노소 가릴 것 없이 모두 노름, 투기, 한탕주의에 미쳐 돌아가는 오늘의 세태를 꼬집은 것으로, 이승하는 이러한 풍조의 확산이 가져 올 물질주의, 가치전도현상의 심화를 아주 우려 깊은 눈으로 바라보고 있다. 〈휘어짐에 대하여〉는 피비린내와 광기 그리고 한으로 뭉쳐진 역사를 만들어 낸 구세대 모두에게 책임을 준열하고 따져 묻는 형식을 취하고 있다. 이승하는 과거사 속에서 '상황'을 만들어 낸 존재들은 말할 것도 없고, '힘이 없다'는 이유를 대가며 '상황'에 스스로를 내맡겨 버린 나머지 결국 공범이 되어 버린 다수의 보통 사람들도 매섭게 흘겨보고 있다. "굽실굽실 능수버들처럼 잘도 휘어져 온/ 그 아버지의 그 아들인 나를 너는 결코 본받지 말아라" 한 대목이 잘 가리키고 있는 것처럼, 이승하의 과거비판은 실은 오늘에 대한 경계를 뜨겁게 의식한 것이라 할 수 있다. 오늘·이곳의 삶에 대한 깊은 관심을 보다 효과 있게 들려주기 위해 이 방법 저 방법을 모색한 데서 이승하의 입지를 찾을 수 있을 것이다.

자기절제의 바탕에서 최대의 효과를 사고 있는 실험정신, 오늘은 우리의 삶을 똑바로 해부하고 어루만져 주는 날카로운 지성과 따뜻한 시선, 인간주의에의 목마름 이것들은 이승하의 시를 지켜 줄 뿐만 아니라 더 나아가서는 우리 시를 지켜 주는 힘이 될 것이다.

이승하 李昇夏

경북 의성에서 태어나 김천에서 성장했으며, 중앙대학교 문예창작학과와 동교 대학원을 졸업했다(문학박사). 현재 중앙대학교 문예창작학과 교수이며, 한국시인협회 사무국장과 한국문예창작학회 회장을 역임했다.

1984년 〈중앙일보〉 신춘문예에 시가, 1989년 〈경향신문〉 신춘문예에 소설이 당선되었으며, 지훈문학상·시와 시학상 작품상·가톨릭문학상·편운상·유심작품상(평론 부문) 등을 수상했다.

시집으로 《사랑의 탐구》, 《뼈아픈 별을 찾아서》, 《감시와 처벌의 나날》, 《나무 앞에서의 기도》, 《생애를 낭송하다》, 《예수·폭력》 등이, 평전 《마지막 선비 최익현》, 《최초의 신부 김대건》, 《청춘의 별을 헤다: 윤동주》, 《진정한 자유인 공초 오상순》이 있다.